袁冬青◎著

尘世记

一个中国农民置身尘世

像蜗牛一样在语言的道路上更慢地行走

只想让大地搬动自己一辈子

用一颗纯净的心

触摸那些最坚硬和最柔软的东西

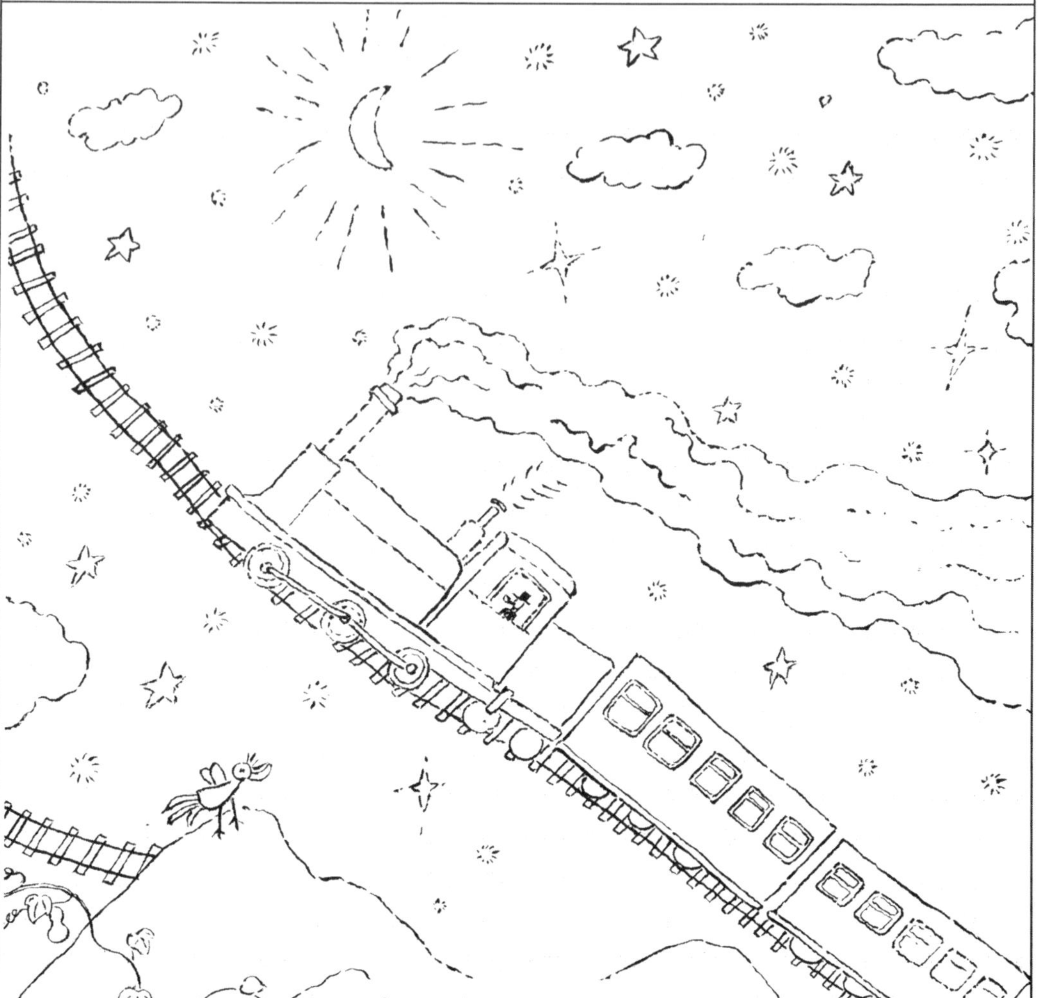

中国戏剧出版社
CHINA THEATRE PRESS

图书在版编目（CIP）数据

尘世记 / 袁冬青著 . -- 北京 ：中国戏剧出版社，
2022.8
ISBN 978-7-104-05227-2

Ⅰ．①尘… Ⅱ．①袁… Ⅲ．①诗集－中国－当代
Ⅳ．① I227

中国版本图书馆 CIP 数据核字 (2022) 第 120494 号

尘世记

责任编辑： 黄艳华
责任印制： 冯志强

出版发行： 中国戏剧出版社
出 版 人： 樊国宾
社　　址： 北京市西城区天宁寺前街 2 号国家音乐产业基地 L 座
邮　　编： 100055
网　　址： www.theatrebook.cn
电　　话： 010-63385980（总编室） 010-63381560（发行部）
传　　真： 010-63381560

读者服务： 010-63381560
邮购地址： 北京市西城区天宁寺前街 2 号国家音乐产业基地 L 座

印　　刷： 三河市兴国印务有限公司
开　　本： 787mm × 1092mm　1/16
印　　张： 33
字　　数： 370千
版　　次： 2022年8月　北京第1版第1次印刷
书　　号： ISBN 978-7-104-05227-2
定　　价： 158.00元

农民诗人的情怀与坚守

（序）

张岚

十月，是收获的季节，在桂花淡淡的清香里，看到案头堆放着的农民诗人袁冬青即将出版的诗集《尘世记》厚厚的文稿，我的心头百感交集：倾情用心的热爱与温情暖意的书写，是一位中国农民诗人对文学不变的情怀和最忠诚的坚守。正如一首歌词所表达的：有梦想，谁都了不起。而一位对文学执着坚守的灵魂，更值得每一个人的尊重。

一

临沂是一片文学的沃土，不但名家、大家辈出，近年来临沂诗人在中国文坛位列前茅者有之。因此，身为临沂作家，更多地关注诗人和诗作，于我也是情理中事。

诗人袁冬青的名字听闻了几十年，他的诗和他的故事，也零星地听闻过些许，而真正见到他本人还是2018年市作协对困难作家春节走访之时。在那个滴水成冰的寒冬腊月，当走进沭河岸边那个简陋到不能再简陋的农家小院时，我只能用震撼来形容初见之感：家徒四壁的农房、粗陋的双手，高大却寡言的一个人，无论如何也无法与书卷气、与知名诗人联系在一起。那一刻，我实在无法相信，就是眼前这个人，曾怀揣50元人民币，于1989的那个春天，自临沂起程，沿着黄河水滚滚流来的方向徒步西行，至西安、延安、陕北，之后又奔赴荒无人烟的东北长白山，太行山，然后再到白洋淀，再蓬莱阁。据说，仅延安他便去了四次之多……徒步走遍了祖国的山河，书写出了如《观黄河》《母亲河》《黄河源头的母亲》《黄河石》等几百首情真意切的诗作，像满天的星星一样散见于《人民日报》《人民文学》《诗刊》等报刊上，之后的几十年里，更是笔耕不辍，用一枝深情之笔，为世纪末的乡土中国诗坛写下了一串串感人的惊叹，成为令人称颂的农民诗人。就是这位朴实到不能再朴实的农民，用几

拜访和致敬。我所有文字要在善良走过的路上，把那些迷人的身影指给你看。尘世有一种令人敬畏的美。”“我在尘世奔跑，脚印是你扔掉的昨天。今天我在尘世写作，是要把那些值得我们怀念的东西一一找出来，组成一部《尘世记》，让你看见里面有没有你想写的东西。”“乡愁为我们找到了回归的钥匙。”是的，土地，赋予诗人生命的归属感；而大地的深度呼吸，也为他的诗歌创作提供了取之不尽的灵感源泉。他说：“我不知道自己为什么生活在这里，但我知道如果不生活在这里就会丧失所有。就像人不知道河水为什么奔流，我知道没有水大地会疼得说不出话。”水最终会流失，于是，他在诗歌里永远为自己保留着河水的源头。

五

在这个初秋飘着淡淡桂花香味的午间，暖暖的阳光照见着厚厚的诗稿，也照见一位沂蒙山的中国农民诗人，坚持行走在温厚大地上的影子，照见他以劳苦、谦恭的姿态，用手中的锄头和笔，用一腔真诚和真情，种植庄稼，种植诗歌的执着和坚持。

作为写作者，今年59岁的袁冬青已不算年轻，但他仍然在耕耘、在坚守。古往今来，每一个写作个体都有自己的理由，袁冬青说，他写作是为了爱故乡，爱到让时间长出胡子给大地看。他最大的愿望是在故乡开一间诗歌工厂，造一架飞机带着他飞到世界各地，他一直想要到达的世界就是他的故乡，就是他的远方，就是围里村。他在围里村点灯造他的飞机，吹灯睡觉，早晨喝粥，坐着自己制造的飞机，到想像中最远的地方，让风景认识他。到了远处，他却发现故乡是离自己最远的远处，仿佛围里村就是他心中最美的世界，是世界的中心。他在围里村所做的一切都是为了把他的世界搬到他的诗歌里，正像他在《我想造一架飞机》里所写。

文学的意义，在于它拥有一种深入人心的力量。对于袁冬青来说，《尘世记》是他厚积薄发的一次丰硕收获，也是对岁月、人生和故乡最用心、用情、用力的致意。当然，这不会是他诗歌的终结，只是人生或者他写作的一个总结、一次停驻、一次回眸，相信他一定还会有新的作品呈现他所热爱着的故土和生活，值得我们在沂蒙的大地上，热切地期待着。

2021.9.25

目录

Contents

第1辑

到宽广的地方倾诉自己的内心

我们的中国

中国伟大
人民伟大
历史伟大
浩大的中国，浩大的幅员
让一条黄河自由奔流五千年
泪水和血
在我们迷人的肤色上流淌出那么多黏人的光芒
奔跑的爱，多么宽广和漫长

有多么多的泪水就有多么甜的河水
有多么甜的乳汁就有多么好的儿女
伟大的苦难让泪水汇成伟大的黄河
每一个人身体里都站着一片黄河的涛声
每一片涛声都站着一座不倒的长城
太阳在民族血液里翻滚的时候
我看见抬头的中国更加英俊

不断地超越
浩大的中国在通向真理的路上
用脚印告诉世界
苏醒的中国比萌芽的草原更辽阔
跌落一个旧世界，抬升一个新中国
从一个个悲剧现场逃离出来
波澜壮阔的中国每天都在创造新的更大奇迹
让人重新认识人类

从胜利走向胜利
中华民族的身体里有一个庞大的铁矿
全是被新时光擦亮的工具和兵器

把丰收种得更辽阔
嫦娥四号搭载的棉花种子在月亮上萌芽
月球上的第一片绿叶，象征中国春光无限

以梦为马，扬鞭奋进
用奔跑重新改写命运，在新征途中书写新光荣
我们的中国从站起来、富起来，到强大起来
人民获得幸福生活是面对世界最大的改变
因为我们的中国有一双比路更长的脚
每天都在缩短到达日出的距离

一棵树向我敞开了波浪

一

把一片片树叶叠成春天的信件
就这么一直在人心里绿下去
脊梁挺拔，死死地站在
那个不起眼的位置
一棵树越长越高
仿佛春天正从四面八方赶来
给我们分发最需要的东西

二

把一些反叛的东西压到更低
一棵树向我敞开了河水的波浪
风吹树梢，我看见所有树叶披着光亮的斑点
所有收到信件的人和我一样
变得越来越年轻，好似已经触摸到未来

三

一棵树敞开了波浪，你看这春风吹又生的树叶
阳光在上面流着，风在上面快乐着
多么像起伏的大海
一棵树松开了捆绑，我敬仰它的年轮从未枯萎信仰
一棵树顶着波浪，我听见大地萌芽的潮汐
好像在催我恢复一棵树的自信
又好像在邀请我，和一只飞过春天的鸟
共赴一场盛大的宴会

四

一棵树从没挪过地方
爹娘，姐姐和妹妹
在树下，像树一样活着
从没离开过故乡
多苍老的日子，都奇迹般被树叶修补好了
在树叶的嘴唇上一遍遍绿着

中国已经跑到世界的前面

中国已经发展得很好
已经越来越强大，超过风
跑到世界的前面
原先没树的地方已长出森林
每一棵树的身体里
都站着一个醒来的中国
都萌芽着一样的春天

树仍需被抬高
就像一匹马仍需不停地奔跑
继续奔跑，草原才会变小
梦想才会变大

中国奔跑着两条河，长江和黄河
奔跑的中国有一双比飞更快的脚
继续奔跑会让挺拔的中国
在波浪上把头抬得更高
太阳下，尊严的光芒
把大地照得更加明亮

一棵树的年轮埋着多少落日
就有多少朝日要跑出来
光中，春天誓死不从花朵上离开我们
那些花朵穿着朝霞的衣裳
闪烁着胭脂的光芒
谁不想留在这个自由的国度
占领一棵树的位置，身披浓荫
向上接近天空
向下挽紧民族的根须
那些和时间一起原地奔跑的足迹
仿佛告诉你，太阳从哪儿升起哪儿就是中国
春天在哪儿哪儿就是家

伟大的时代

把昨天归还给历史
把春天追至一朵花身边让我们辨认
我们所处的这个时代越来越新颖别致
把幸福交给时间陪伴我们
让我们在无限的光芒中生活得更真实
谁不想在阳光经过的时候
获得一根火柴的宁静

说起新时代，我觉得任何词汇
都不能准确描绘它日新月异的无穷魅力
在一朵花羞涩的脸庞安置足够让我们感到幸运的朝霞
拯救一直以来在前进途中不停跋涉的民族
见证幸福怎样到来，悲悯怎样离去
把幸福海洋里的水，一滴一滴带到鱼的喉咙
从此世间再无荒凉，没有谁
肯在一盏疲倦的灯旁，无端拒绝
太阳从一天早晨爱上我们

回到人民中间

偌大的人间
人民就是天下
人民宛若群山
高高抬起的额头上
一道道不愿抛下我们的皱纹
比时间更弯曲
它追随着远方
没人能知道，人民的骨头
藏着多少打春的雷声

人民的内心，深藏寺庙和菩萨
人民的乳房，深藏救赎的泉水
所有的水告诉你
春天是人民给予你最幸福
最宽广的牧场

人民是这世上，离你最近
最亲的人
寻到根上，过去我们都是婴儿
都有一个在泪水里点灯的娘
你不在人民中间
不知道人民经历了什么
不知道喂养有多伟大

民族的骨头

我迷恋一个民族的骨头嵌进了铁
以及众多金属的种子
我迷恋它闪光的部分犹如旷野上的花朵
安静地绽放，让人敬仰和崇拜

民族的骨头，它的硬度能让一座山低头
那年，刘胡兰面对铡刀的时候
她从容不惧，把铡刀吓得一身胆寒
我无法说出民族的骨头有多硬
我只能说那是中华大地蕴藏着庞大的铁矿
在沉默的世界被突然惊醒

我看见那挺直脊梁的人好像一座山在隆起
山水中弥漫着威严正气
时间都没法摧毁的骨头
以沉默的方式向我们展示喜马拉雅的高度
在那山的顶端，值得端详的尊严和信仰
仿佛一盏灯植入黑夜，引领太阳
在人类的头上一次次升起

到民族的墙上装饰历史和未来
一块不愿抛弃我们的铁
以最好的站姿闪烁人类精神源头的锋芒
因此，一部拥有五千年的文明史
就是一部用骨头抒写的民族史
它经得起万众仰慕
也不在意一个窃贼深夜的诋毁

人民的乳汁

在陕北，在延安
那些水混合着苦涩的泪水和咸涩的汗水
甚至混合着看不见的血
沿着拐过许多弯的延河
一直朝东面的黄河流淌
那些和朝霞流淌在一起
几乎快要被人忘记的水
是人民的乳汁

在沂蒙山区，奔流的沂蒙河水是人民的乳汁
它来自人类母亲的乳房
一滴一滴，在那闪电来过的地方
我看见庄严的山顶掀起更高的波澜
在一棵草和一朵花上
我看见一颗颗善良的心灵
干净得像一盏灯，熬干了血
让我知道了黑夜怎样离去，太阳怎样升起

人民的乳汁永不枯竭
浇灌永不会结束
它深藏海底的苦难和我们掠夺的爱一样辽阔
假如忘了人民的喂养
假如不知道乳汁由苦难酿制
就不配像花儿获得第一缕阳光的问候
人民的乳汁滋润着大地
从那皱纹里经过的河水，每一滴都叫大海
配得上你用一生的时间阅读和珍藏

人民

人民是这世上最富有正义感的群体
哪里有人民哪里就有战胜邪恶的力量
哪里有不倒的脊梁
哪里就有被太阳扶起来的希望
人民，一堵真正意义上的墙
站起来就站成了中国

不了解历史就不知道人民有多伟大
不热爱人民就不知道历史是怎样书写
人民骨骼坚硬，宛如长城上的石头
用锤子敲打，每一块都有火星闪现

那被刀子刻过的额头
站着比生命更可贵的尊严
在火中燃烧的骨头，它高贵的身份
像一棵大树站在年轮里
足可以让所有的大山低头
这是我认识的真正的大山
他们身体里的每一根血管都翻滚着黄河的波浪
它一次次染红历史的火光和今天的朝霞
灵魂已变得和太阳一样

打开历史的年轮，我看见人民走过的路上
有刀刃的足迹已被时间淹没
不用心阅读不知道时间记录的语言
有多少伟大的悲剧和疼痛
有多少已掉落和没掉落的人头
成了太阳每天盗取火种的地方

老百姓

天地间，老百姓在养你
在你经历和没经历过的旱季
有多少母亲的乳房枯萎，河水断流
有多少母亲死于难产
你永远不知道一颗善良的心吞咽了多少苦难
才让炊烟翻过一座争强好胜的山
和小羊一起活在悲悯的春天

要用多少露珠才能修好一朵花的相框
淹没在时光里的老百姓
他们在皱纹里搓绳子
你可曾因为看见一朵花保管的希望泪流满面
这一滴一滴，一直被芬芳跟踪的露珠
历经多远的路才来到一棵麦子上
发出照耀人间的巨大光芒
有人至今没想过

比想象还要辽阔的雪域
一个个老实巴交的老百姓
像钉子一样楔在故乡
他们岩石一样的骨头为一种精神殉葬
离开尘世多年以后
还透着令人崇敬的清澈和安静
仿佛被阳光擦拭过的镜子
让你寻找和辨认时，突然想起什么

劳动人民

在我的诗歌里，劳动人民这一光荣的称谓
比盛开的玫瑰更让我爱
让辽阔的大地长出一些有思想的禾苗
比花瓣上的颜色更质朴
我看见劳动者在田野上挥汗如雨
没人能告诉我，他们内心的天空
盛放着多少被人赞美的阳光雨露

自远古时代，劳动者的血就已经点燃了生命
苍穹下，我看见劳动的人双手捧着麦子
就像捧着掉下来的眼珠子
我不知道那光会爱我们有多久
我知道下半辈子会手捧麦子想念爹娘
留在大地上继续为奴
种出更多的粮食喂养婴儿

劳动人民，你们是我这辈子见过的最好的人
在新的生命没被创造以前
你们在大地上创造苦难和历史
多年前，我诞生在你们中间
在如同月亮一般的乳房上获得更多的粮食和水
像一条高傲的鱼，在水中奔跑至今
已无力偿还比大海更大的爱
只好不停地掀起一些无法平息的波澜
覆盖落日，一天就结束了
明晨，炊烟来到屋顶
在劳动的芬芳中散发尊严的光芒和亮度
日子又有了开始和继续

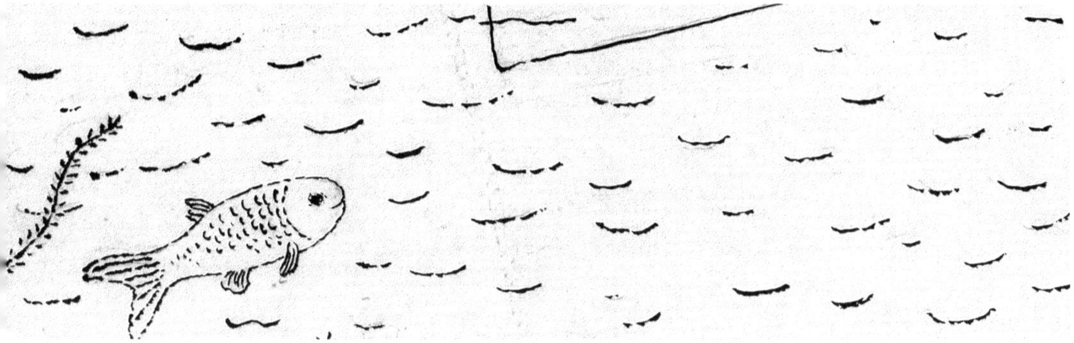

第2辑

黄河，我想叫您一声娘

黄河水

从天上来，到人间去
给炎黄子孙缝一身黄袍子
给那些在草地上诞生了羔羊的母羊们
安上骄傲发光的羊奶子
黄河来到我们中间，给我们带来无限生机

一个民族的文明史是黄河流出来的
再也没有比黄河更宽的河
一条河流淌在时间中，越来越黄
它的乳汁养育了我们已经很了不起
它的泪水加起来比海水还多
所以总有怒涛站在我们看得见的地方
审视我们如何做人

黄河有多长爱就有多长
黄河给予我们的爱具有无限的深度
它不枯竭，我们的骨头就会发出金属的轰鸣
就像一块被烈火和锤子敲打的铁
有可能成为这个民族最明亮的刀刃
成为最好的指引
如果黄河不干，黄河水
会一直朝我们的渴望流淌
仿佛在告诉你一条河流的爱有多宽广
却不告诉你一个民族的苦难有多深

叫作黄河的母亲河

滋润人类不停歌唱的喉咙
黄河水是流淌在我们身边最富有人情味的烟火
她的血里居住着上个世纪的情人
花朵是她和情人在太阳下为春天生下的孩子
她要不停地奔跑，向大海讨要更多的水
献给天下苍生

越过高山，她要把一条万里长的彩虹
铺向一个国家的首都
让孩子们活在珍贵的尘世
管那个在石头上磨刀、在河边饮马的人叫父亲
管那个拄着拐杖、提着水罐
险些被杂草和石头绊倒的女人叫祖母
管那个在炊烟里把小米熬得和黄河一样黄的女人叫娘

掺杂着黄连和蜂蜜的黄河水
喝了它，你会成为英雄
从此变得勇敢和幸福
恩重如山的水，只有它能游刃于宇宙
把上一个季节毁灭的春天重新澄澈在人类的眼眸
包括它全部的苦难，都要在泪水中
化成莽莽原野上比山谷还要有深意的苍翠

在黄褐色的土地上建造宫殿和仓库
叫作黄河的母亲河
本应该成为伟大的王后
许多年来她一直做着仆人

黄河岸边听涛声

有一条河你永远都喝不够
奔跑的马蹄声，祖父的打铁声
混合着羊群的啃草声
任何时候你都被它呼唤着

五千年奔流，五千年浇灌
流淌着乳汁的黄河，流淌着谷穗的黄河
流到今天更辽阔
站在河边，像是一块发光的铜来到我面前
敲一块铜或石头，我听见骨头嘎嘣脆的声音
跌落时把大地砸了一个坑
弹起来时成了一座山

古老的青铜浸透了泪水
诞生了炎帝，诞生了黄帝
成吉思汗的马靴在河边喝过水跑得更远
一个英勇的民族陷入思想的领地
沿着光荣的足迹，每一朵花都愿意开在这里

有了黄河便有了历史
五千年文明史，每一滴水都握着一把坚硬的铁锤
在人类的耳畔，留下一片起伏的绿茵
向世界讲述一个国家原有的文明和尊严
证明柔软和坚硬，不仅是一条河流的成长史
更是一个顽强民族读不完的经书

站在黄河入海口看大海朝我扑来

冲出一条容天容地的大峡谷
容下一个苦难民族的奋斗史
黄河朝大海日夜奔流
五千年浇灌，历史老了
那么多浪花，一朵一朵
成了大地上最美的点缀

黄河是一个了不起的母亲
它胸怀宽广，心地善良
把苦难留给自己，把希望带给众生
伟大的乳房养育了那么多优秀的儿女
看大海朝我扑来
我看见一个不知疲倦的民族
顶着涛声，站成一座座尊严的山头
我多想在山下做一个贴心的仆人

东营离大海很近
游过大海，太阳离东营很近
在黄河入海口，我成了两个女人争夺的孩子
她们给我的爱都很辽阔
面朝大海，太阳漂洋过海照耀我
背朝大海，我看见爱我的人流下泪水
这浑黄的河水啊，这激越悲苦的河水
你伟大的苦难，伟大的爱和善良
让更多的人在土壤上被浇灌
在太阳下，在一朵花缀满朝霞和露水的河畔
此刻我不是被苦难抛弃的人
就一定是被幸福等待的人

只有黄河的孩子才配束一条黄河的腰带

从天空到大海，从遥远到遥远
黄河水日夜奔流
在途中跌落人头的种子
抬升汹涌的水位
照耀人间的太阳
每天都要从一个民族崛起的山头上升起

活着就有希望，我们不敢在伤口上睡着
也不敢死在一粒种子的梦里
截取一段黄河水，做成柔软的腰带束在腰间
奔流的黄河水啊，你在我躯干的上半部高昂头颅
从未向谁低下
你在我躯干的下半部，埋下一棵大树的根
有多少次落日跌落，就有多少朝日
在你宽广的波浪上升起

辽阔的黄河水，你从未想过流干
把一条条爱上自己的鱼渴死
你用血染红蝴蝶的故乡
黄河女儿像一朵朵花儿藏在镜子里
姣好的容貌无比澄澈
澄澈得我不敢用谎言欺骗自己的眼睛和内心

只有黄河的孩子才配束一条黄河的腰带
我的前世就是黄河的后裔
我要把良心捆绑在中间，做一个厚道的善良人
有一天把有罪的我和一切陈旧的东西勒死
只剩下一条宽阔的彩虹缠绕肉体
像一根绳子牵着羊来到宽广的草原
我要让游过大海的日出抛弃昨天
回到一天早晨
在一滴露水抱紧的花朵上重新认识我

滴滴黄河润桑田

夏津黄河故道，你是孕育文明的摇篮
黄河水日夜不停地奔流
千年古桑林，你扎深了多少民族的根须

古桑林，黄河诞生了你
你诞生了春天
春天诞生了蚕
最后铺了一条比黄河更宽的丝绸之路
每一个夏津人，在树的位置各行其是
安居乐业，安心领受你的恩赐
你老而不衰，老而不枯
你知道这世上苦难的肉身要在这里修炼
你的内心藏着令人敬畏的寺庙
躲避着灾难和不祥
让我们陷于光芒之中
从此变得安宁而镇定

黄河啊，你的每一滴乳汁都是缠绕在根上的大海
你流失的是岁月想抛弃的
你过滤的是时间想挽留的
每一个掀起的波浪都站着抬头的大山
每一棵古老的桑树都站着日夜朝我们走近的春天
抚摸一下苍老的树皮，每一处筋骨都有铁的硬度

在大海以西估算太阳升起的时间
在年轮中绽放未来的魅力
黄河故道，你是奔流在我身体里的雷电
我像鱼一样，一丝一丝地呼吸你
都是为了在时间长河做你的囚徒
置身桑田，在根上握住奔流的黄河
度过漫长的服刑期

黄河的水位跌落和抬升了什么

黄河把泪水留给自己，把春天留给我们
在我们还未离开或消失之前，我们
用水捆绑我们的命运，清洗我们的心灵

黄河，你为什么奔流不息
是因为祖先的泪水流得太多
还是因为祖先的汗水超过了雨水
我不知道你为什么那么宽广
我知道你不停翻滚的热血涌起许多想抬头的波浪
是想让我们在高高的山上
看照彻人间的太阳
怎样把我们和花朵一起安放在朝霞里
让我们在乳汁里活到今天
不知道苦难什么时候离开
就知道幸福已来临
因为每一滴黄河水在还没到达大海时
就在脚印里藏下许多不为人知的苦难
在乳房藏下足够的泉水
一些涛声跌落，成了我们不停翻阅的历史
一些涛声涌起，成了我们拥抱的未来

黄河，我想叫您一声娘

黄河，我是您衣襟上一粒醒着的纽扣
您把爱一滴一滴，滴成大海留给我
每一滴都是无比宽阔的屋子
每一滴都是我爱不够的江山
从早到晚，我眼里的每一滴水
都澄澈着您姣好的容颜

没离开您时，您是我天天搬动的大海
离开时大海又不停地寻找我
黄河流过家门口
两耳都是娘的喊儿声
黄河，我想叫您一声娘
您把苦难藏在黑夜的途中
照亮天空的太阳，会不会
在一天早晨，在露水的镜子里
映出最美的朝霞交付给我们
让我们辨认蛰伏在肤色上的春天
来自哪一滴水的滋润
来自哪一棵麦子的家乡

每一滴都是娘为我备下的大海
在河边我小声叫娘
所有的昆虫都替我叫过
每一个波浪都站起来看我
每一个眼波都传来星星的奔跑声
它们在皱纹的河道里撞击石头
撞出的血，滴在桃花的腮上
它们陪着娘，一直走
目光多么慈悲

黄河，你到底有多辽阔

天空有多辽阔你就有多辽阔
大海有多辽阔你就有多辽阔
爱有多辽阔你就有多辽阔
你叫中国，你叫母亲
认识你我是从一个母亲的乳汁
先认识了什么是幸福
再认识什么是苦难

在一滴水里抱紧大海
光一遍遍泼到我身上
黄河种出星星和麦粒
种出黎明，早晨和白昼
它在我肠胃里蜷曲着
血里长出一些红色的灯盏
天黑了我还在光芒的照耀中

跌落一个腐朽的年代
从浪尖上升起照耀人间的太阳
我看见春风吹绿的中国
踩着历史的旋涡
站起来比昨日的长城更高
在我血管里，我也能感受到
汹涌上升的波澜有多辽阔

第3辑

颂歌献给党

——纪念中国共产党成立一百周年

仰望鲜红的党旗升起来

风每吹一次
波浪就会高起来
风每吹一次
朝霞就会红
不管多忧伤，露水的镜子里太阳
就有一次更高的升起

一百年，湖水养活了多少鱼
所有的鱼沿着河水来到大海
时光进入鱼的喉咙变得多么宽广
风在这里吹醒了多少次春天
一棵树的年轮点亮了多少人间灯火
所有的花朵抱紧露珠
每一颗露珠里都住着一个为儿女点灯的娘

一盏一盏，熄灭了
一盏一盏，又亮了
我在仰望时认识了天空
我在太阳下认识了人类
它哺育我成长，它给我幸福
它是人民的大救星
每仰望一次，就又见到娘一次
它从未抛弃过我，也从未从山顶降落
每仰望一次，黄河辽阔的波澜
就在我身体里奔流一次

1921 至 2021

1921 年离我太远，那时我还没出生
不知道苦难在亲人的泪水里泡了多久
一滴滴泪水藏着爱我们的春天
时光把我带到今天
我像钻入大海的鱼
幸福得只剩下呼吸
让我的舌尖一遍遍触碰
给了我爱和生命的大海

漫过长长的黑夜去见照耀我们的太阳
很早以前，有人在黑夜里造船
吸引更多的鱼来到大海阅读自由
造船人在船上放了一盏大灯
有了船大海更辽阔了
有了灯大海的波澜掀得比以往更高

造船人在南湖的第一次试航
让湖面泛起一些不可磨灭的星光
向幸福出发的春天在滴满血迹的途中
用执着的脚印给我们讲述花儿是怎样被染红的
用真理和信仰给我们配备了一把开启未来的钥匙
注定一个新时代的觉醒和到来
必是人类在时光的变迁中遇到最好的开始

党组织

这是一个春天的组织
组织起所有的草染绿大好河山
组织起所有的花朵开遍山岭
把温暖送到千家万户
为人民谋取更大的幸福
人民的救星，党的组织光荣诞生了

这个组织的每一个成员都是一滴干净的水
一滴水跟着一滴水
每一滴水都怀揣着河流、大海和天空
脚印跟着脚印，心挽着心
每一个成员都是榜样
每个人都是汹涌的波浪
每个人心里都藏着黎明和朝日

祖国强大因为有人民
人民富足因为有党领导
星星之火可燎原
火光中，党让历史更灿烂
时间让党更伟大
党的照耀和指引给我们带来如意和吉祥
给我们带来和平与安康
黑夜离去，早晨来临
我看见这个组织如朝阳照耀
是那样猛烈和平静

真理

真理最初掌握在少数人手里
就像掌握了一盏灯
引领许多人奔向光明
寻找幸福或离自己稍近一点的春天
放牧自由的羊只
灯只在向往光明的人心里闪亮

造灯不易，要掉脑袋
灯要被风吹灭无数次
造灯人全凭自觉和清醒
把掉下的人头往空中抛去
血染红了朝霞
朝霞染红了天空
挂到桅杆上的云朵成了我们的旗帜

秘密造灯的人，回到一天早晨
看众人跟他一起醒来
他要让所有的人相信黑夜死了绝不是谎言
他要让所有的人相信，跟着灯走
就是走在通往春天的路上
就会看到太阳升起
看到藏在朝霞里的好时光
在一朵朵花儿的腮畔上是那么让人迷恋
做一个真理的执掌者
你和我要在这个值得迷恋的国度
为自己放一面看不到苦难
只有太阳和鲜花的镜子
让人类看到人类在进步

滋润我生命的河水多么浩瀚

如果把党比成一条大河
如果我还没长大
一滴水会不会在我身体里种下粮食
埋下一个浩瀚的大海

让春风把一生最好的阳光
吹到我和麦子一样黄的肤色上
吹成一条起伏的黄河
集合起所有的涛声，日夜奔流
一个民族坚强不屈的脊梁
团结起人类的力量和尊严
横扫一切腐朽，多么光芒夺目

朝有光的地方奔跑
黄河啊，你的昨天叫眼泪或历史
你流到今天才叫文明和进步
一条大河波浪宽
党恩滴滴润我心
黄河啊，站在离你心脏最近的衣襟上
倾听你有磁性的声音对着世界人民歌唱
我看见你在我的肤色上是那么宽广
那么令我骄傲和自豪

党旗飘扬

把一块布片上的云彩吹红
早晨的朝霞要给我们足够的幸福
傍晚的云彩要给够我们安宁

在没有灯的地方种下爱的种子当太阳
在没有春天的地方滴下血当花朵
一面旗帜倔强地飘扬在天空
是要把光吹得更远，照亮地球
让人类的额头更有尊严地昂起

这片耀眼的红，在天空永存
照亮更远的道路
大地到处都是等你经过的春天
只要你有仰望，只要你爱
太阳会在每一天早晨
把朝霞放在一朵花上
陪着你慢慢变老
让你还不知道什么是真正的痛苦
就已经知道了什么是真正的幸福

幸福在寻找我

2021，党的生日来临
大地又一次开出好看的花朵
朝霞把新的一天染得更红
风的语言在我耳边私语
仿佛要让我要在一天晚上告别落日
把要告别的放在一双穿旧的旧鞋里
一只在早晨被风吹醒
一只回到南湖，在红船旁边停下来

那么多花朵奔跑着寻找我
我没有借口不接受一朵花的拥抱
从一个地方到另一个地方
那些从太阳身上滴下的血
使我看到一个遍体鳞伤的母亲
怎样用云朵擦干了眼泪
让人们在辽阔的山河
亲如一家，爱上烟火和黎明

死于战火的英雄，离开我们依旧爱我们
活在时间里的花朵
把过去活成历史
把今天活成春天
穿行在时光里，我们要知道这个国家以前发生了什么
我们知道离历史有多远
就一定知道离幸福和未来有多近
那些值得被保存的红色记忆
闪烁着耀眼的光芒
从此我们要一一经过

党啊，我想对你说

党啊，我想对你说——你是我的一切
百年来你带着我们朝有光亮的地方前行
给我们带来一次次惊喜
你砌起长城一样高大的脊梁
让世界仰望一个民族威武不屈的尊严
在你的血里，有一条奔流不息的黄河
一些涛声唤醒人类，一些涛声成全了历史

党啊，你诞生了多少英雄儿女
你用一生的时间为人类谋幸福
在我眼里，你就像父亲的肩头总是离我那么近
你给我带来天空和太阳的照耀
从不把伤口轻易露出来吓哭一朵花

党啊，你在哪里哪里就有最好的春天
在抗洪一线，你赋予我们的爱比洪水更猛烈
在地震灾区，你的救赎比阳光更直接
扶贫路上，你送给贫困户的扶贫羊
披着云朵，沐浴朝霞
已找到辽阔的草原
它们在一朵花面前不慌不忙吃了一口草
表情是那么知足和安详

党啊，你救民于水火，已经很伟大
这一切都源于你的英明和旷达
天地间，山河安静
今天我和更多的人一起成为被幸福捆绑次数最多的人
有一道彩虹牵我走到一朵花附近
那无比澄澈的语言告诉我们黎明已经到来
把不幸和突然降临的灾难降到最低点
把盛在我们眼里的泪珠变成好时光淋到花朵身上
一棵春风吹又生的树缀满天空的云朵
这片幸福得令人眩晕的光芒多么辽阔

跟党走

我坚定地跟党走
我不知道哪里还有比党走过的路更宽广
能让我的足掌一生都在草地上
就像一只骄傲的头羊
引领众羊把雪落在远处
它的蹄印在途中闪亮
足够翻越悬崖，到达明天
与一棵自己喜欢的草相濡以沫
接受阳光直接的照射

跟党走，就是和马匹一起
把草原追得更远
每一棵草都想抬头
把大地织绿
就像跟着一条河流来到大海
幸福的海洋，每一滴水
都藏匿着一个母亲的乳房
足够婴儿们在那里欢快地搬动

在这世上，党是离你最近的母亲
她提着灯站在路上，一遍遍告诉你
太阳从哪儿升起哪儿就是家
一盏灯盯紧的前方
是一粒种子盯紧的春天
那儿有许多河水的血
盛开希望的花朵
那些苏醒的灵魂，仿佛在告诉你
君子和英雄是怎样诞生的

跟党走，你会在山顶看到仰望已久的太阳
一直在原处等你
党为人民谋幸福
一条已选择的路只要不抛弃我
我会在路上一直等待幸福来认领

第4辑

庚子年，一个农民的抗疫诗篇

爱从未抛弃我们

年关，猪肉占了上风
紧接着口罩占了上风
突如其来的病毒在武汉蔓延
灾难和不祥肆无忌惮的报复
使无辜受到伤害的朝霞
在早晨沐浴时惊慌失措
一种莫名的悲戚从天而降
掠走了年的喜悦和快乐
前所未有的恐慌
把我们变成了一个个悲伤者

爱一直以来从未抛弃我们
哪里有苦难哪里就有拯救
这个拥有幸福和自由的国家
有足够的信心引领太阳走向我们
因为善良我们活得长久
因为救赎我们活得快乐
因为我们的内心从未缺少对春天的渴望和等待

雪在集结

把大地上的污浊清扫干净
在死亡的绝壁
走出一条普度众生的生命线
雪在秘密集结

抒写处女的贞洁
给世界看这独一无二的绽放
太阳在一天早晨给雪梳头
瞬间划破河水的喉咙

这场大雪，在一张洁白的纸上
藏起一座庙宇
给这世界带来一片洁白的芬芳
那么多雪纷纷集结武汉
我听到它们内心奔跑着和平年代的马匹
在蹄印滑落的途中
离白昼和黎明越来越近
离一朵花描述的春天越来越近

塑出更多干净的雪人
爱这比丝绸还要高贵的国度
雪穿着月亮的袍子奔走人间
它们高仰贵族的悲伤
却从未缺少时代俊杰和自信

天使

哪里有黑夜哪里就有爱我们的天使
哪里有天使哪里就有爱我们的太阳升起
我不相信武汉没有春天
我相信天使身上的光芒
是一切光之源
它照耀你，也照耀我

让我们在苦难中等待幸福的到来
让翅膀飞向人类想去的地方
在一朵花旁边重新建一个家
天使未报告春天到来的确切时间
有一束光来自中国最富有尊严的前额
它比丝绸更柔软

快乐的人，当你从泪水里走出来
当你想起恩泽你一生的雪
有了超乎一座山顶的幸福
你可知道拯救我们的雪
在拐弯的途中走了多远的路
历经多少苦难
才为你走出一条铺满蝴蝶和鲜花的彩虹
让你陷于春天的包围
突然变得富足而安宁

使命

我们赞美春天首先要赞美那些无畏的勇者
把一粒春天的种子带到最需要春天的地方
天使的到来使世界变得越来越辽阔

武汉就是前沿
负重前行就是仁心大爱
向世界亮出一个国家至高无上的尊严
向大地讲述灵魂和思想
天使身上的雪越来越白，爱越来越深厚

预言昨天要在棺材里被抬走
用一种光暗示另一种光诞生
新生命披着霞光，今天要在花朵上和我们相见
花朵上有两扇门
一扇是给太阳的
一扇是给人类的

与春天一起共赴一场盛大的喜宴
被烈日点燃的使命
推动着一个国家朝有光亮的地方奔跑
我听见春天的脚步踩着露水的琴弦
离我们越来越近

向救赎者致意

武汉突发疫情
一种新型病毒穿着魔鬼的衣裳
在人间疯狂奔跑

哪里有不公哪里就有征战
哪里有危难哪里就有救赎
清除一个黑色组织
在这个美好时代犯下的罪或错误
为人民谋幸福的党和她的优秀儿女
有着石头和金属一样的硬度
他们昨天在路上滴了许多血
每一滴血都插着一面旗子
每一滴血都藏着黄河和大海
今天他们仍在血里备足了朝霞和玫瑰

一直以来，党从未丢弃人民
筑起新的长城
让你阅读爱留在这世上从天到地的高度
看阳光奔跑，撞破这人世的顽疾
党和她的女儿力挽狂澜
我看见生命的热情被爱一次次推向高潮

再黑的夜遮不住太阳
光要在大地上照亮你
指给你看谁是英雄，谁是孬种
它告诉你团结是民族的力量
它告诉你的，我将在诗歌里告诉更多的人
党和她的好女儿是离你最近的春天
露水擦拭过的早晨，一朵花的腮畔在镜子里永远
为你藏着被渴望等待的朝日

黄鹤楼的忧伤

教会我们要有尊严地活着
黄鹤楼仿佛一直在天空高悬
这是我们的人间，这是我们熟悉的风景
我在诗歌里写过它比天堂更美

而今武汉染上重病，泪水多于露水
武汉夜晚的灯，在奔向黎明途中暗了
让幸福不知走哪一条路才能找到我们

黄鹤楼要经受怎样的考验
才腰杆挺直，让死亡彻底放弃一座城
当早晨来临，一朵花淡淡的忧伤
无法掩饰一座城的威武之姿
黄鹤楼下，天使汇聚
仿佛千军万马要在黎明时分
把朝霞放在花朵上让我们辨认

黄鹤楼下，一群人把头向上抬了一下
我看见不愿抛弃我们的亲人
像和平年代的树木
一树繁花，在人类至高无上的头顶
让春天一下子高出许多
每一片叶子都是春天的窗户
每一片叶子都流淌着阳光的叙述
让你倾听这个时代比河水更澄澈的语言

武汉的春天

说到武汉，我们一定会受某种因素影响
给我们刚刚恢复平静的心
带来些许疼痛的感觉
但武汉的春天毕竟来了
我们躲藏得再隐秘总能被春天找到

武汉不会因病毒来访
关闭春天的房门
武汉啊，春天的门一直为你敞开着
爱一天天走近你，一遍遍争夺你
谁抛弃了你谁就会被一朵花所抛弃

没有爱的人走不了太远的路
没有爱的人不配得到春天
武汉经受了时间的考验
预言春天要从花朵上诞生
看啊，一些不知名的花儿泪流满面
仿佛在隐瞒什么，昭示什么

感谢爱，感谢这照耀天下的太阳
催生出那么多妩媚的花朵来爱我们
那些美得不能再美的花朵
谁说它凄美的绽放不会燃起祈祷的灯火
照亮早晨喝粥的人，安静而幸福地活着

第5辑

爱是盘踞在我心里的另一个首都

伟大的浇灌

减少自己的水
浇活大地上的生命
你知道水在途中有多累
浇灌有多辛苦吗
有一年旱季，一群找水的人
在石头上磨破了鞋子
一滴滴血迹点缀着疲倦的农业
仿佛上帝派来死神逼我们签下不平等条约
和我们进行一场漫长的谈判

在沭河岸边，我看见一个满脸皱纹的老妈妈
艰难地提着水罐来到麦田
她弯下腰，仿佛要把身体里的爱全部倒出来
不一会儿她累了，开始坐着往前移
又过了一会儿，她跪着搬动自己
水走了多远的路，滴了多少血
才把一滴血的芬芳剩给我们
此刻除了麦子谁也不知道农业的深度
是劳动和善良抒写的

多少年，我们一直在掠夺
沉默不语的水罐
在浇灌的路上隐瞒了苦难的身世
我们知道爱有多辽阔
有谁知道那些枯萎的瓦片
在农业文明的肋骨上
雕刻过多少伟大的疼痛

葫芦长在苦藤上

故乡的路是一根长长的藤
许多年前，娘在她的藤上给我安了一颗人头
那里每一个亲人
都是跑在我前面的火车头
途中山水连绵
是娘留给我的大好山河

一根葫芦秧要长出骨头
长过铁路，让火车碾轧
顺着藤上的铁路线去寻找，途中拐过三棵榆树
我看见娘在麦田握着镰刀割麦子
握麦子的手跟藤缠一样紧，一样结实
手心里攥出汗，跟藤上的露珠一样光滑
掰下来一定会有星星掉下来
顺着藤，拐过黄土堆和几块青石板
我们就会看到家门口，看到两个湖泊
流出比藤更长的水

喝娘奶长大的人头，是娘的白昼和夜晚长出的葫芦
藤上的花有的已经开过，有的正在经受严霜拷打
秋天，藤用最后一丝力气
牵了一下我们的葫芦兄弟松开了
葫芦嘴唇上含着从娘身上拽断的半截绳子
仿佛一只羊的羊头被搬离了大地
它想回到娘的火车站
娘已去了另一座不通火车的山上

乡下女人

乡下女人跟草没什么区别
她们在旱季忍着熬着
从繁茂到枯萎
谁也不知道卑微的生命
走了多远的路
诞生了多少草
让草做草的孩子

许多年前，我是一棵草生的另一棵草
她们梳着麦穗和谷穗的辫子
让我眼里的世界多么美好
她们从乳房里挤出露水滴滴
一点一点喂大了我
我喝过世上最甜的水
都源自疼痛中的酿制

以前的草的孩子已经长大
以前的女人被土埋了
草还在山上往上长
活着的人离开了我们
春天，死了的草又活过来
清晨，露水在草尖上挂着
这么多年，我们谁都没问一下
小草脸上的泪珠，它到底疼在哪儿

在河边淘米的老妇人

太阳落山的时候
我看见一个老妇人来到河边
她艰难地弯下腰
打出小半桶水
她的身体被掏空了
只能承载半桶水的重量

她从屋里端出米
然后坐在门口
低着头给米洗澡
叫它们喝最好的水
不知那些被淘过的白米
是不是她头上落下的雪

她坐在大树下
离树不远是一条河
以前她经常在河边跟鱼玩耍
看月亮模仿自己梳头
如今这条河污染严重
河里已经没有鱼
老妇人在年轮里放置的一条河
被人毁容
样子越来越难看

水是怎样被打上来的

剥完玉米，收好谷子
娘坐在树下开始搓草绳
以前用过的井绳承受了太多压力
几乎要断掉，不能再负重
娘要趁着身子骨还结实
把草搓成另一根绳子
让草有更大的利用价值

娘把草集中在一起
娘要给它们梳一根好看的长辫子
这些草是平时常见的稻草、谷草和麦草
娘了解它们的身世
把它们一根一根搓在一起
让喝过水的草渐渐有了铁的硬度

清晨打一桶水，晚上打一桶水
娘站在井台上是一棵苍老的大树
她在年轮里为我们种下两个发光的星球
一个是顺着绳子爬上天空的太阳
一个是滑到水里沐浴梳妆的月亮

一滴滴水从娘的额头滴落
让井有了大海的深度
顺着绳子往下看，我看到娘
坐在云彩上晒雪
水是怎样被打上来的
喝水的人只顾喝水
从不知道绕在皱纹里的绳子有多长

二丫

我和二丫是邻居
从春天到夏天
在一块田里种上玉米
在另一块田里种上谷子
二丫什么活都干
秋天，我看见二丫挑着谷子
她整个身体被谷子埋了
头上的红头绳起伏着好看的朝霞
为我一个人红时更加鲜艳

她在哪里春天就在哪里
她是我的好邻居
这片比露水还要澄澈的处女地
长满我喜欢的小草和花朵
风从她身上吹过
迷人的芬芳朝我飘来
我看见一只蝴蝶落在她身上
一动不动，仿佛
守着芬芳弥漫的旧伤疤
等我慢慢经过
在一滴露珠里带走她的星星
在另一滴露珠里带走她的镜子

掠夺让她们变得崇高和伟大

她们是与我们有亲密关系的人
她们是不知疲倦的生产机器
一边生产粮食，一边养育我们
她们的乳房是一块巨大的海绵
她们把我们放在比大海还要多的水里
一块肉从她们身上掉下来
我们诞生在她们的苦难中
活在朝霞的光芒里，多么荣耀和骄傲

种出爱，让我们成为掠夺者
田野，劳动的妇女
她们在朝霞和晚霞里的种植
让时光变得越来越美

我们掠夺了她们
她们身体里的血和骨头来到我们的身体
我们在它们的泪水里活成春天的树
却不知另一棵苍老的树已枯萎
她们的额头刻满刀子的咒语
许多皱纹比河更弯曲
当太阳落下，她们身体里的年轮
依旧会有太阳爬上最高的山顶
让人看她们眼里的光
如何纠正我们犯过的错误

把月光缝到补丁上

今夜月亮姣好，娘头上的雪姣好
娘劈完最后一根木柴
给牛添完最后一筐草
她开始坐在月光下缝衣裳

生活并不尽如人意
总有破损，暴露出离我们距离很近的漏洞
克制不住尘埃，一次次入侵我们内心
剪一块月光的布片缝到我们身上
今夜月光和雪要长到针尖上
慈母手中线，比河水更长的情意
今夜要在儿女身上缝补山河

只有母亲能将疲惫不堪的故乡
趋于月光的澄澈
月光下，树梢上的鸟鸣突然沉寂
风还在不停地晃
娘从忙碌中把自己搬到一棵树下
她要用针尖扎出身体里的血
让她的儿女们，在通向月亮的小径上
看到有许多爱戴我们的花朵，在迷人的晚上
乐此不疲，一遍遍朝我们盛开

这是生活的必经之路
它的澄澈是否照亮了你的心
让你在一朵花盛开的时辰
像蝴蝶一样面对迷恋已久的故乡
选择放下自己，使触摸比时间更漫长

故意

河边的梧桐花已经盛开了
傍晚时分，我从树下经过
放慢脚步是故意的
从河边的窗口望去
黑暗中邻家的女儿在月下沐浴
光滑的皮肤散发出迷人的芬芳
我看到隐秘的白装出没看见是故意的
她放狗咬我是故意的
慌乱中我被石头绊倒丢掉一只鞋子
跑出好远心还咚咚跳
不是故意的

让人心跳的故乡
父亲在田里收麦子
割破了手不是故意的
那血像一条小河滴到麦子上
陪伴我们的收割被血染红了
你没看见不知道它有多么美

故乡有多少故意和无意要我们留下来慢慢去想
多年后，一粒麦种不忍离开我们
睁了一下眼皮
一盏快要熄灭的灯
最后看我一眼是故意的
之后慢慢合上是无意的
它让我在富有磁性的乡土上匍匐在地
触碰了最后一道光亮
它是那么耀眼和暗淡

一盏灯来过我们中间

漆黑的夜晚，我看见一盏灯在流泪
我说的灯是一直陪伴在我身边的娘
把更多的光照到我身上
为我缝补，为我升起炊烟
半夜为我盖被子
一盏灯流着一条河流的血
每一滴都盛开着相同的花
每一滴都盛放着大海和寺庙

有黑夜的地方，一定要有一盏灯
一边替我赶走黑夜，一边替我召唤星星
娘是这世上唯一离我最近的灯
一盏诚实的灯
提着自己不为人知的身世
从未抛弃过我们
她亮着，我看见大地的容颜
为我们带来好看的胭脂
而有人已经忘记了一盏灯离开的时间

遗忘一个不愿触及的黑夜
一盏灯的存在值得我信任和敬仰
我一直认为，娘是用伤口替我吞咽灾难和不祥
娘最后熬干了血离开我们
在被仰望抬高的山上，一盏消失的灯
它芬芳的光芒，在一遍遍经过我们的晚霞和朝霞里
让我知道一盏灯走过的路比孤独更长
伟大的照耀比无限更辽阔

萤火虫的夜晚

傍晚，远处的群山撤退到我们看不见为止
麦地亮起无数盏会飞的灯
这些灯太执着了，有的已飞不动
有的正在点亮星星
熬干自己的血，磨损自己的生命
这些卑微的虫子，它们身上最亮的点
太像人了

这些灯盏，明亮得像姐姐腮畔上的汗珠
即使有一滴没掉在花朵上
掉在泪水中，也是清澈的池塘
她在麦地里收割了一切
肯定有一盏要在最隐秘的记忆里留下来
照耀我们收割那些想起就让人脸红的事情

照不到未来，就照眼前
这些会飞的灯，照亮着人的眼睛
根本停不下来
即使有一盏熄灭了
它们原本就干净的内心
也不会比黑夜黑多少

姐姐，今夜你在澡盆里沐浴
是最美的美人鱼
月亮的村镇，照耀太漫长了
露水一样干净的地方
今夜我要一一经过

爱就是把自己囚禁在监狱里赎罪

囚禁在仓库里的麦子
一边赞美种植，一边赞美收割
它们赞美的，多年来我也一直在赞美

我一直认为没有一开始就结束的爱
我一直认为爱是收容我们的另一座监狱
我们的祖父和祖母上山砍柴、割草喂马
一直在这里接受时间的奴役和鞭打

时间许给他们苍老
皱纹是捆绑在灵魂上的脚镣
她遮蔽我，我还没出世就在这里接受改造
获得漫长的服刑期
最初我在她身体里被囚禁
不久她打开身体把我放出来
只允许我在乳房附近活动
人们开始叫我婴儿

等我长大，她用目光牵着我
现在她已不再管他
她只是在远远的地方看
看那个从肚子里释放出来的人
并不打算告诉他那些疼痛的真相

我欠她的永远还不清
她给我的我一直在索要
这里是我赎罪的地方
伟大的监狱长，养我的亲人
你们去了哪里
让一只小羊纯洁的泪眼
在露水里埋下星星
种下旷世之恋

爱是盘踞在我心里的另一个首都

多年来，故乡一直是我向往的首都
在这里王和平民平起平坐
骨头和铁平起平坐
稻草和羊平起平坐
这里每个人看上去都像王
其实每个人都是奴仆
干一样的活，穿一样的衣裳
种麦收麦，放牧牛羊
劈柴担水，各司其职
甚至生病都一样，没有高低贵贱

首都的女人，我们的王后和公主
以及众多妇女在花园里种花
一样的乳房，藏着一样清澈的泉水
她们善良无私，让这个国家的首都
在婴儿的嘴唇上流着一样的母乳
让我在这里爱上炊烟和人民的粮食

这里每一滴水都是故乡
每一滴水都是盘踞在我心里的另一个首都
所有的水都是在我们身体上留下胎记的血
养我的水藏着鞭子和歌谣
木匠把自己打成棺材
铁匠把自己打成铁犁
老国王卸任回到墓地
太阳依然从山顶升起
我看见首都的母亲抱着婴儿来献花
即使所有雨水的苦
都不能浇灭这个国家身上的朝霞和晚霞

在首都，我看见母亲抱着妹妹
坐在灶门口烤红薯
她把红薯不分大小堆放在柔和的火里
我分走了最大的一个
妹妹的泪水滴在花朵上
那种忧伤和纯净，多年来一直亮着人类的眼睛
我把它藏在腹中，它成了我的天空和矿藏

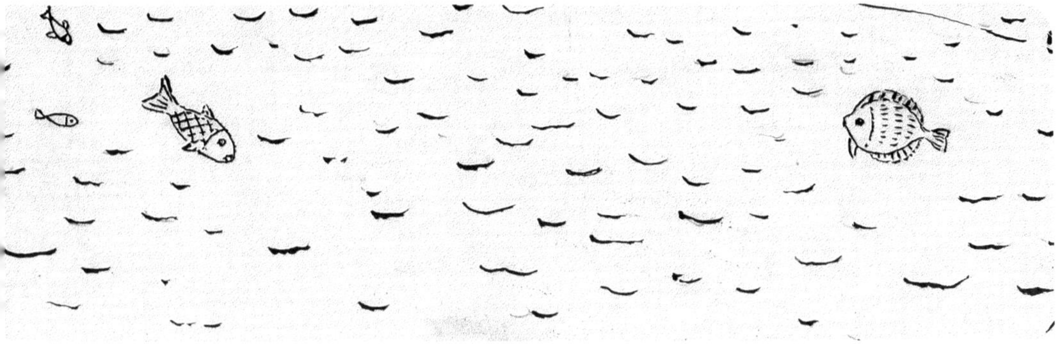

第6辑

我不停寻找的原本就是从未离开过我的故乡

骑着驴找驴

傍晚时分我遇到一头毛驴
拉着一大车金黄的谷子进了村
那些谷子身上沾满割谷人的汗珠还没被风吹干
它们顺从地跟着毛驴
一脸幸福的表情还和以前一样
它们骄傲地坐在车上
听着毛驴有节奏地敲打路面
人和驴各有所获

坐在驴车上，晃在山水里
那些内心充满美好向往的谷子
让人想起出嫁的女子
头顶鲜红的盖头，新的一天多么欢快

月亮出来的时候我看见割谷人抱着谷草放进驴槽
木制的驴槽以前的驴用过
月光和谷草倒进去的时候更光滑
驴瞪着土豆似的眼睛
用舌尖卷起割谷人遗落的谷子倍感幸福
湿润的眼睛，仿佛雨水来到民间

随着先进生产力的出现
如今毛驴已不常见
多少年我留在故乡
其实就是骑着驴找驴
我丢失的好多东西已找不回
我未丢失的一直在寻找
它陪着我，默不作声
我找它，它也找我

胭脂

草地上所有开过和没开过的花都叫胭脂
我的姐姐和妹妹，以及离去的亲人
以前都在胭脂里生活过
胭脂让人为它生，也让人为它死

把一个季节染得比以前更红
使我们进入草地时不再恐慌和害怕
胭脂走过的地方
阳光正从那儿经过
那儿成了幸福的流放地
成了一只羊最爱光顾的场所
有梦想的人都在朝霞里看到了希望
没人告诉你，不祥去了哪里

你不知道胭脂有多红
就不知道生活有多美
我目睹的灾难也许无法还原其真相
胭脂的登场带来菩萨的祝福
我在一天晚上，遇到它出现在剥玉米的老妇人脸上
我甚至想把舌尖伸过去
触碰这世上最有温度的颜色
劝告自己在以后的日子里
离它更近

把自己装进瓶子里

如果我有一个硕大的瓶子
里面盛着足够多的水
我给它取一个大海的名字
如果我有一个硕大的瓶子
我把故乡装进去
我和铁蛋、二丫，树和鸟窝
以及烟囱都在水里
故乡的一切都和我在一起

如果瓶子不够大
我把自己当成一条鱼装进去
我在瓶子里遇到每一滴水都是母乳
如果是冬天
瓶子里的水被冻住了
我就住在玻璃下
用舌尖上的火苗烤它
让花朵和云彩一起盛开

生我养我的地方
一滴一滴都是难忘的爱
多年前我在那儿听河水的低语
甚至哭泣和浅唱
余生我要在那儿终生停留
被爱软禁
任苍茫之水掀起无法平息的波澜
听一只蜗牛给我讲述总也奔跑不完的路
如何让陪伴越来越漫长

桃花

在我面前站着的应该是一座山
桃树上山的时候划破了脸
开出一朵朵略带羞涩、略带忧伤的桃花
应该在我下山的时候留下一只蝴蝶
省略掉途中艰难的飞翔，接替我继续触摸

我喜欢树上的鸟鸣滴着溪水，轻轻地拧我的耳朵
带走我听到的不好的消息
二奶奶在后山走丢了羊急出了一身病
我喜欢看一群蚂蚁被树叶遮挡着
每天为自己搬运最好的东西
指认出二奶奶走丢的羊挂在悬崖上
我喜欢一朵桃花的腮畔贴在我的腮畔上
也希望它抽空到二奶奶的腮畔上坐一会儿
移开时有一朵故乡的云还在我眼前羞涩地绽放

故乡的汗水都能开出桃花
那里的女人都长着桃花的脸
那里婴儿出生时脸上也有桃花
传说它能辟邪，能把日子过得跟桃花一样红
很久以来我把它遗忘了
现在我想重新获得拥有一朵桃花的权利
不知那里的村主任和村民能否全票通过
允许我把脸埋在我喜欢的一朵桃花的朝霞里
从此让我荒芜的内心因为有芬芳的花香飘过而富有
从此让我相信，一朵朵被我崇拜和供奉的桃花
在我没遇到之前它们是世界的
在我遇到之后，世界是我的

需要复印的东西太多

复印一条河我会多一份水
复印一千条河我会有一千个故乡
河边洗衣服的老妇人
她们就会争夺我
把我捏成一个个更小的我
放入农业的水罐
跟鱼一起喝同样甜的水

复印一棵树，我会爱上一棵树的春天
复印一片树林
树会把浓荫集中到我身上
拄着春天的拐杖
树上的鸟巢筑着羽毛的体温
连风都吹不进

需要复印的东西太多
复印一座山，更高的山
让我在山下仰望
我就做一个靠山吃山的人
如果山上出现了墓地
亲人的头像
全是我心中的巨人

故乡是离我最近的大地
我不想看到它离我越来越远
我身体里只剩一台复印机了
有时它也在复印我
和留在村里的那个一模一样
是亲兄弟

今夜我想做一个牧羊人

月光下的村庄在鸣虫微弱的呼吸里睡了
父亲坐在磨刀石旁边
在月牙低垂的眉眼下面眯了一会儿
母亲服下最后一碗草药
比以前安静多了

今夜离村庄不远的墓地
骨头沉默不语
刻在石头上的姓名
沉默不语
我触摸过的大地多么安详

今夜我要做一个牧羊人
把自己赶到山上
在云彩上狂奔
在星球上留下足迹
我要在神睡着的时候猛抽他几鞭子
质问他用什么法子骗取瞎眼的老奶奶
每天拄着拐杖飘摇在风雨中

今夜我想做一个牧羊人
把云朵赶进父亲的麦地
月亮升起时，母亲唱起歌谣
我看见我在羊群里泪流满面
原来是轻轻抽打的牧鞭
在我身上种下彩虹的牙印
让我在疼痛中沿途寻找属于自己本该拥有的一切

在想象中等一场雨

大地在枯萎，草丛里的虫鸣稀薄了
持续干旱让人不再相信上帝
有一些麦子死在大地怀中
有一些留下来继续抗争
陪伴奶奶多年的水罐
骨头上没有一丝季节的欢笑
被风吹干的皱纹全都是善良人的沉默寡言

快来一场雨吧，荒原上那些即将死去的草
所有的雨水都适合它
萌芽出全部的爱
让人领受这份钟情于自己的喜欢
这难能可贵的浇灌像露珠一样干净
澄澈使人看到最美的人间
让人忍不住用心灵触碰它

快来一场雨吧，让走丢的羔羊回到温暖的栅栏
天上的云彩都愿做一块落满雪花的白巾
飘向故乡的屋顶
每一滴雨水都愿做一个备受恩宠的情人
把大地紧紧地抱在怀里

在想象中等一场雨
我要藏着被风吹红的花朵
让牵羊的奶奶停下来，咕哝一句
这雨多带劲
那雨水像她流过的眼泪一样
谁说里面没有天空的辽阔

在虚构的雨水里
我们都是掉进雨水里的鱼
每一次呼吸都是大海突然被碰撞

井台上的烙印

绳子咬在石头上的牙印
让我记住了故乡的疼痛

爱在这里，一根绳子走过的路
像一条冰冷的蛇爬行在石头上
看看井沿上的烙印
你就知道刻骨的爱是怎样描述的
半夜起来为我们挑水的娘
岁月在她额头上咬过的痕迹
加起来比弯曲的井绳还长

娘站在井沿上把另一个娘滑到水里
另一个娘装满了水往上举着
娘在上面拉
两个娘为我们点亮了那么多星星
不知有多少人知道，那一道道擦痕
是娘在血里泡过的彩虹

最甜的水在最深的地方
最美的花开在最疼的伤口上
刻在石头上的疼和爱
永远像谜一样
为破译它的人保持沉默

抱着

清晨，我抱着麦子从河边走过
我看见我和麦子在水里照镜子
我和麦子在朝霞染红的水里
分别获得同样多的幸福
麦子不说，我也不说
互相用力抱了一下对方

我抱过的麦子
我的父亲和母亲以前也这样抱过我
他们温暖了我
我却累瘦了他们的骨头
磨损了他们的年轮
让他们成了变老的麦种

抱着，这世上最温暖的词汇
在一粒麦子里藏着天空
如果一年是一百年
这个天空模仿澳洲袋鼠已抱了我们几千年
像被铁丝捆住了，爱越勒越紧
他们在口袋里藏着自己的黑夜
所有的星星都是照亮我的灯

大红枣

把雨点下到山上，浇出星星和灯盏
照亮一棵树的年轮
妈妈，有一盏最亮的灯
照亮了您的黄昏
也照亮了这个村子唯一热爱诗歌的人

大红枣的光芒
照亮裸露伤痕的山坡
枣树下，妈妈用皱纹缝补时光的伤口
用爱为我铺了一条铺满鲜花和朝霞的彩虹路
溪水流走了晚上
树梢上的星光眨动早晨的眼波
喜鹊的歌声散发出生活的甜蜜
从此不再让我为不幸的日子而难过

这么多年，我总是喜欢在秋天独自一人上山
我总是喜欢站在树下
看血一样红，一样迷人的晚霞和朝霞
在比灯更亮的山顶
怎样被娘缝成一件至美的大红袍
我想，秋天要走多远的路
才会把灯盏的忠贞安放在云端
达到前所未有的高度和亮度

一盏灯要在谁的歌声中停下
如果我喜欢的山再高一些
树上的灯再亮一些
也许会有更多的人像我一样
站在树下，被一盏突然掉下来的灯
砸碎夜晚，滴出黏性更好的光
黏住那些经过的脚印

鱼和水

鱼在娘肚子里
从娘肚子里出来
还在娘肚子里
离开水
鱼不能活着见娘

水是母亲，比家更亲
鱼被浇灌，水被呼吸
鱼获得自由和快乐
水在慢慢丧失

一滴水又一滴水
在漫长的路上被盘剥
那来自乳房的春天
把幸福的花朵带给我们辨认
爱多辽阔
阅读一部河流的成长史
我和鱼欠下一个大海
而水不欠我们的
一生都在默默偿还债务

再次回到被时间忽略的苹果园

我和一个右脸长蝴蝶斑的姑娘
在苹果园里劳动了三年
阳光、青草和溪水的气息
使得这个果园的青春期
因为她的存在显得热烈而神秘

我们在果园的快乐时光
让我一辈子都想留在这里
有一次，在一棵树的背后
她把左脸递给我
我却固执地搬起她的右脸
她说我很坏，坏让她脸上的一片绯红
陪伴我度过许多心跳的夜晚

我一生的喜欢全都在这片园子里
它与我的肉体接触，也与我的心灵相通
这园子的内部预备了千万盏灯
我确信，这世界备受人类赞美的劳动和真诚
一直在苹果园，秘密地等待
还未被爱和善良抛弃的人

坏说出我一生的喜欢
坏让我提前走近了收获
时光的令箭把我射到今天
当我再次回到苹果园，果树已经苍老
原来我苦苦寻觅的，多年来也在寻找我
通向故乡的路，两旁拥挤着各种熟悉的花儿
受使命驱使，正被脚印一一经过

一张照片

一段凝固的时光
让我倒退着回到春天
她梳着流水的辫子站在我眼前
一块没有被时间枯萎的乡土
成了我在故乡不停翻寻的春天

许多年前，一张照片属于春天
许多年后它仍属于春天
人被岁月往前推
照片呢，把这个人往后拉了一下
犹似一根绳子牵着牛鼻子
稍一用力，一棵草攥住的春天又活过来

在那草上，露水澄澈
云朵澄澈
一只触摸了幸福时光的蝴蝶
老实地待在原地
比以前更加安静

所有的故事都忙着老去
照片不老，就像
给过我们无限春色的树叶
萌芽在一棵树的顶端
多远都能看见
被时间保存的快乐时光
让我在沉默的时间中
萌芽出许多抬头的小草

珍藏在一个人心里的春天

所有的树叶都将落尽
所有的草都将褪色
一只陈旧的木箱顶着暮色哑口无言
月亮打开锁的时候
一张树叶一样大小的照片
让我倒退着回到春天

时间有足够的理由让我学会忍受沉默
却没有半点理由要求我
不朝一朵花走去
从此踏上快乐之旅
寻找被幸福确认的地点和时刻

是什么让它神秘消失又神秘出现
是什么让它拥有漫长的保质期
容易得到的幸福不是真正的幸福
容易丢失的春天没有幸福的开始
被锁住的爱永远只属于拥有钥匙的人
它珍藏着一些不为人知的快乐时光
在没打开之前它是我的世界
打开之后，我仍是它的守护人

把自己关在一间屋子里

一首诗诞生前我把自己关进一间屋子
先想好一个题目，再想一个好的开头和结尾
之后我把自己分解成许多个同名同姓的人
放在不同的地方
经历相同或不相同的经历
从此我留在一个伟大女人的首都
深深爱上人民和粮食
就像一只鸟，用嘴亲了一下粮食
鸟巢里到处是羽毛的体温
在一个人的想象里静静流淌

把自己关进一间屋子，我变成一个巫师
我试着将头割下来换上牛头羊头猪头狗头
都不太好
因为它们都不是娘亲生的
娘身上掉下的，吃人民的粮食长大的那一个
才是娘抛给我的

把自己关进一间屋子，我开始想念两个女人
第一个女人，她让我喝了比海还要多的水
第二个是让我看重的婚姻
它让爱情有了一双奔波的鞋子
出于爱和敬仰，我习惯了
这唯一不被尘埃侵凌的圣地
永远为我保留不可侵犯的神圣和庄严
在一盏灯流泪的地方，让我跪着仔细端详

第7辑

故乡才是我日夜到达的远方

蛋壳

我在树林捡到一个蛋壳
它局部破损
像乡村夜晚的半轮明月
光滑的壳壁上
残存着月光没有散尽的痕迹
照亮生命急需长出迎战风雨的羽翼
在以后的飞翔中上演命运的各种变数
一枚蛋壳的粉碎性骨折
寓言生命完整的重要性来自首次诞生的最佳时间
是从破碎开始的

一枚蛋壳盛满乡愁
盛满故乡的疼痛
将地球撕开一道裂缝
将身上掉下的一块肉以婴儿命名
捧在襁褓中
你可知道，零的破碎
花光了一座银矿的盘缠

将悲伤的声音降到最低
一个旧蛋壳在慢慢耗损自己
朝霞和晚霞来临的时候
我想起我的出生地
它用破碎的旧时光诞生了我
伟大的毁灭
突然让我有了敬畏和洞察

往火里添柴

太阳下山的时候母亲背回一捆柴
晚上，母亲坐在常年坐过的板凳上
低着头，使劲吹了一下
火苗慢慢升起来了
照亮了窗台上的玉米和蒜头
照亮了挂在墙上的毛主席

母亲抱着我，把我的脚放在火上
像烤红薯一样不停地烤
火光照在娘脸上
娘的脸太像天空了
娘说起毛主席，说他领着一群人在草地上行走
伟大的砍柴人，他们身体里的血
把草都染红了，从此朝霞和花朵走进我们心里

火盆里的火小了，娘添了一把柴
像拿谷子喂小鸡，却舍不得放很多
不一会儿又添了一把
娘说火种得省着
又过了一会儿，我往火炉里添了一把
火苗又旺了一些
它那么红，好像春天原本就不会离去
整个冬天，我们就这样在一个屋里烤火
毛主席把他心中的春天给了全中国
娘把她的春天给了我
两个打柴人都是经得起端详的人

暴风雨

祖父弯腰割麦，身体里要射出的箭比雨水还多
祖母抱着麦子，看祖父射箭
看着看着，脸一下子红了
她想起当年站在雨水里被祖父一箭射中
从此两颗心一直陪着收割走到今天

我们无法预测暴风雨什么时候来临
它总是气势汹汹突然而至
就像我们无法预测粮食的价格
从希望的山顶猛地跌落谷底
让你躲过初一躲不过十五

去年，暴风雨把麦子全都砸倒了
看着一年的希望打了水漂
收割人满脸羞愧
像一只无奈的羊，默默地
走在通往屠宰场的路上
不知主持正义的法官是谁
也不知律师去了哪儿
只好眼巴巴地看着，太阳
在它泪痕里熄灭了最后一丝光亮
让花朵一样美的善良人
在凹凸不平的地球表面
活得固执而漫长

故乡才是我日夜到达的远方

铺一条比彩虹更长的路，一直铺向家乡
沿途我看见那些朝我奔跑的花朵
像我的姐妹一样善良，彩虹经过她们的心灵
让我的渴望离一只羊认识的草原越来越近

河流要流出血染红两岸
我将用一生为故乡铺一条比彩虹更长的路
覆盖那些分岔的小径，吸引蝴蝶来到这里
我要在彩虹上放一盏灯，照亮那些
和灯一样有一颗红心的人
我要告诉更多人，故乡才是彩虹每天愿意经过的地方
一盏灯在黑夜的叙述中省略了孤独和悲戚
清晨，炊烟升起
一朵花的眼泪把大地洗得多么干净
我相信沿着彩虹回故乡的人会越来越多

泪水流了多远彩虹就会铺多远
那些沉静如山的墓地
配得上彩虹从山中经过
过去在彩虹上铺路的人如今有的已经远去
山河仍在，仍需一盏灯在彩虹上不知疲倦地亮着
教会人类如何走出苍凉和悲苦

在彩虹上行走，我将看见我眼里的花朵开得比胭脂更美
在这里，我学会甄别善恶
那些闪烁着奇异光芒的生命神圣又迷人
我要把他们端放在画卷里
给每一条分岔的小径都铺上彩虹
像一只羊习惯了被爱牵着
在悬崖上找到想要的春天
我要在彩虹上告诉你什么是爱
它在人类的脚印里有多辽阔

到麦子宽大的睡床上和麦子睡在一起

妈妈，我要告诉你我很幸福
这幸福是您赐给我的
您赐给我许多乳滴
加起来比长江黄河都长
您赐给我许多比星星还明亮的麦子
让我活到今天
我不认为一粒麦子的睡床有多小
睡在妈妈的掌心里
我觉得爱比天空和大海更宽广

妈妈，今夜我要回到您的睡床
我要和那些养大我的麦子睡在一起
它们心里有一盏灯
许多年都没被风吹灭过
今天我要在它迷人的肤色上和一盏灯相爱
生出另一盏灯做我们的孩子
称您为祖母

那些麦子貌美如仙
嫁人的嫁人
生子的生子
今夜我要和它们睡在同一张大床上
我要用阳光和炉火把它们睡活
今夜我要在打麦场一直睡到天亮
如果有一些麦子要钻进我怀里
我就敞开内心的大门
任它们在我眼睛里滴下两滴滚动的露珠

我洞察了麦子的前世今生
这辈子我都愿以主人和奴隶的双重身份
朝拜它，供奉它
直到它们把我睡死

我身体里有一条正在向远方延伸的铁轨

给身体铺一条铁轨，一直向远处延伸
给火车安上轮子，就这么一直跑下去
我身体里有一列欢腾着奔跑的火车
要碾轧出两道铁青的彩虹
向万古不灭的群山致敬
向生生不息的种植和收割致敬
向芬芳了朝朝暮暮的炊烟致敬

在天黑之前回到祖先的栖息地
我要用比火车更长的脚
把我带到一盏灯的故乡
在那里，我看见母亲领着妹妹坐在石头上搓麦子
搓亮了星星，一遍一遍在水中亮着

在那里，我看见婴儿的嘴唇
流着我想看到的清澈之水
在那里，苦难辽阔
向远方延伸的铁轨带着被世人看轻的我
不知什么时候到达
也不知什么时候停下
途中我想摔成许多个小人儿，掉到每一棵草上
从此死心塌地留在故乡做仆人
耐心地等候春天一次次经过这里

一只蚕在丝绸之路上走过

春天，一只蚕开始长征
吐一条丝绸之路放置远方和未来
蚕整个春天都在吐
在通向远方的路上
蚕有思想
和一个在抗争中进步的民族差不多

爱有时候不需要表达
沉默更有力量
早晨、中午和晚上
蚕在道路上纺织未来，种植银矿

蚕不知道途中会发生什么
也不知道什么时候到达终点
耗尽一生做茧，蚕只想用爱
修补这世界破损的地方

这是蚕抵达远方的必经之路
把未来抱得更紧
蚕必须裹着故乡的云彩
必须落一场干净的雪
把人类痴迷的纺织视为至高无上的奉献
一遍遍盛开内心的宽阔

家乡又遇干旱

从去年秋天到今年春天
家乡没下过一次像样的雨
河滩上，花儿还没完全开出来
有的已经凋谢，有的正闭着眼睛
任这人间悲伤，把旱季的针尖扎进自己的身体

现在蝴蝶已经不来这里
雨水已经不来这里
牛羊已经不来这里
来到这里的人，仿佛被一场火灾包围
无法熄灭，也无法逃离

水罐的出现带来一丝渺茫的生机
它们昂着头，翻山越岭
像走在石头上的蜗牛
在民间苦涩的守望中
不知还要走多久才能走出重围
结束一场可怕的战争
任凭露水里泡过的花朵
开在春天的门口
看我们用脚印搬运希望

移活一棵树

一棵小树孤独地站在路边
周围连一个伙伴都没有
跑来跑去的车子
无视它的存在
撞得它连哭的力气都没有

过路人为了自己自在
掐了许多树叶
放在嘴里嚼
根本不知道自己想要的芬芳
竟是一棵苦涩的树带来的

有人折断它
赶牛赶羊
把春光打在牛羊身上
不知道粗心和冷漠
其实也是莫大的伤害

只有娘注意到
折断的小树是一个让人心疼的孩子
娘把它抱在怀里
移到自己家门口
给它浇了整整一桶水
娘移活了一棵树
树的浓荫天天到娘身上玩
娘高兴，树也高兴

一把锯出现在果园是有目的的

热情高涨的苹果园
像盛满水的器皿
过剩的浓荫石头一样往下压
不锯掉一些它还往下压
说不定砸到谁头上
去年果园欠收就因为被克扣了养分
导致丧失的果实比收获还要多

行使民主的权利
扭转混乱造成的被动局面
维持一种良好的生活秩序
锯掉一些，保留一些
在通往果园的路上
锯加快了脚步

闲了好多年了
锯的牙齿都生锈了
到树枝上松松筋骨
树梢裸露出潮水的起伏
像有鱼群要把水带到天上
淋到需要的人身上

把难看交给历史
在远方，看
另一个远方朝自己走来
一把锯出现在果园
要留下充满爱意的牙印
生出叫果实的婴儿
管这片林子叫娘

这片安静扎根的大地让我更爱

大地泉水深厚
乳房更辽阔
它承受了太多的苦难
所以才会有江河奔涌
有人用血点缀它
所以河岸才会有那么多好看的花朵
一朵一朵，红似朝霞

种子是大地更小的孩子
大地老的时候
总有一些草和庄稼破土而出
继续执行大地繁荣的任务

母亲是大地上的大地
她的胸怀包含山脉和泉水
有一条河流到袁冬青身上
它那么清澈
一滴一滴拼起来成了大海

种植生命的人有的已经离开
种植还在继续
收割的人割完最后一块麦田
喝完最后一碗粥
她们上山的时候
收割看似已经结束
魂又在墓地上站起来
仿佛一种高度在等另一种高度超越

打麦人

有些事情一定要用打来解决
打是帮助麦子脱掉衣裳
把它们从田垄带回家
在有月亮的晚上
藏进亲人的衣袖
轻轻拨亮幸福的灯盏
在一堆麦草上掩埋疲倦
照亮被我们视为神圣的收获

打比打鼓更热烈
比打锣更带劲
像小时候经常挨娘打屁股
炙烤人的火苗在麦子身上燃起
打是一种温暖的记忆

掌心的体温在麦子身上
比河水流得更远
远方的打麦人
你们眼睛里的两粒麦种
是最早出现星辰的地方
一年一度的打
那是幸福掩饰不住内心的欢喜
在阳光熟透的时候
最动人的绽放
即便你是鱼
也游不出这片芬芳的人间烟火

大地

大地在种子里很小
走出来又很辽阔

种出粮食，是让人活命的
剩下的草，是给牛羊的
余下的粮食，缸里放一点
盆里放一点，放到哪里都是大地

草呢，随便放
放到哪里都容易点着
它的用途不小于粮食
烤火取暖 ，把炊烟燃得更旺
里面的火苗
能让人看见比萤火虫更亮的灯盏
觉得春天并没走远
好像上帝派它留下来
告诉每一个从大地上经过的人
草丛里埋着巨大的希望

黄昏，石匠吐出一口血离开尘世

黄昏，石匠吐出一口血
染红了夕阳
一匹枣红色的马
拼尽力气跑到最后
渐渐慢下来

石匠是让石头活得更好的人
剥出石头里的星星
石头被唤醒的高度
甚至超过了高山
却永远超不过石匠的内心
石匠这个称谓
用骨头和铁支撑起诸侯的宫殿
比被遗忘的诸侯更有存在的意义
更让人崇拜和敬仰

明天就安葬了
石匠要被埋到更底层
石匠用过的锤子看到石匠离开
都变得软弱起来
跟随石匠征战多年的铁
用一座山的重量对付另一座山的重量
如今却不知道怎样
对付沉默和遗憾

每一颗土豆都有一颗泥土的心

在乡下，种土豆的人身上披满了尘土
看上去更像土豆
给土豆造一间浩大的房子
土豆在土里，更像一个婴儿躺在娘怀里

土豆是一个小地球
地球是一个大土豆
土豆在娘肚子里是，生下来是
这辈子是，下辈子还是

每一颗土豆都有一颗泥土的心
种土豆的人走了
一颗泥土的心回到泥土，又成了土豆
在尘世，我的真实身份隶属土豆家族
虽然经常被人看轻
可土地不会抛弃我
能有一个土坑收留我
让我在泉水的浇灌中
甚至于接近地球的苦难
仍珍藏着信仰
全力以赴趋向于山河的完整

秋天的苹果园

一棵树太少了，总得有许多树组成坚不可摧的集体
先开出花，再结出果
所有的悲伤该结束了
所有的欢乐必须在这里欢聚
阳光必须大摇大摆从这儿经过

这片园子里的树有的已经开完花
有的正蓬勃生长
让离去的人安静地离去
活着的人继续活着
获得足够的幸福
满园灯火照亮故乡
这里爱和被爱一样温暖而辽阔

在园子里跑丢了
我就把每一棵树当成亲人
我用一场病爱上这片园子
我确信每一棵善良的树
都是我等待的灵丹妙药
它们在第一包药为我包上黎明和朝霞
第二包包上晚霞和月色
我看见坐在树下喝粥的人
落在他们腮畔上的云彩
比落在花朵上的蝴蝶更美
风一吹，晃下一片好时光
大地被浸洗得越来越干净
仿佛灯盏受到风的惊吓
从黑夜里退出来
光从四面八方站起来包围我们

总有一些花开在早晨

总有一些花开在早晨
总有人比早晨起得更早
祖母天不亮起床
从家到菜园有二里地
途中要经过一片林子、一条河和一座桥
经过一个照人影的池塘
走到菜地天刚好放亮

祖母从菜园归来身上沾满了露水
那些露水多像一个王吻过的明珠
莫非伟大的奴仆就是隐身民间的王后
在一天早晨暴露了心灵的行踪

盛放蔬菜的篮子
盛着采集的时光
看啊，一朵花骄傲地开着
它穿着红色的衣裳多么好看
比太阳早起的人
让生活有了朝霞的容颜
是从过完黑夜开始的
落在一个老人头上的雪
苍老了我们的白昼
比刀刃上的闪更明亮

蜗牛只想有一个坚硬的壳让时间慢慢敲打

一条河流的消失，带来一个漫长的
甚至更加可怕的旱季

大旱之年，蜗牛背着沉重的壳
依附在石头上，在渴望里忍受煎熬
故乡人在炙烤中莫不如此

要走多远的路才能到达雨季
蜗牛来到路上
风不知道它在想什么
远方的雨水不知道它在想什么
在看不见的地方，它们甚至像一个标点符号
但决不会在一开始就给生命画上句号

爬也是更慢的奔跑
善良的骨头，善良的血
不在烈火中长时间敲打
生命中就不会有带雨的雷声
让天边的云彩，在蜗牛走过的路上
指给我们看雨季是怎样开始的

那一小片酷似金属的硬壳下
藏着一颗多么强大的内心
蜗牛有，人也有

牛眼泉

一块石头上的耕牛已进入多病的老年
它眼角泛着泪痕至今没擦干
是吃苦太多，冤屈太多
还是想澄清什么

浇活大地上的草
做自己的早餐和晚餐
小小水滴从身体里滴出来
死了的草又活过来
走远的春天又回来了

这浇灌跟一个母亲的乳汁一样
容量很小的器皿藏匿着大海
那么多草汁不分白天和黑夜
总是从最深的地方
朝我们的渴望弥漫而来
让我们一次次获得救赎
仿佛关乎天下苍生的传国玉玺从未丢失过
大地从未干枯，从未真正痛苦过
因为一头牛的春天
有那么多花儿开在泪痕里
每一朵都离我们很近，都让我们看到了新生

露水闪闪

尘世，祖父是露水
祖母是，娘是
村庄里的人都是干净的露水

露水把房子建在草尖上，麦尖上
以及花儿的腮畔上
我以前在露水的房子里住过
吸食乳滴长大
是一滴更小的露水

露水是大地最小的镜子
为苦难流下的泪水，为希望醒着
我从人间澄澈的窗户看见太阳告别了黑夜
看见祖母在太阳下低头种麦
长满刀刃的额头上露水闪闪
咸涩的波浪，掀起一片足够遮住荒凉的金黄
至今让我愧对一滴露水的恩情

它深似海洋
像囚禁犯人的牢房
我没经过河流的同意和批准
穿走了河水的鞋子
时间指认我窃走了一个大海
必须留下来，接受审判和改造

狗啃骨头的声音

嘎吱一声，嘎吱
又一声，像弹琴
我走过去，琴声止
我继续走，它叼起骨头跑
跑得远远的，继续弹

对一块骨头如此眷恋
狗饿慌了，它闻到
一种看不见的肉香，觉得
很熟悉，又有些陌生
它想获得的东西
仿佛近在眼前，又远在天边

一块骨头成了狗难忘的故乡
一条狗每天趴在自己的草窝
守着一块骨头
对故乡深情地弹唱
漫长地等待
漫长地敲打
一声尖叫像破冰
它看见模糊的未来
是一些渺小坚硬的碎片

如果河不停下来

如果河不停下来
时间会一直等待被它穿破
如果我认识的二丫、小芹
在河水里沐浴
她们的乳房和水一样光滑干净
我会在小河附近放慢脚步
跟鱼一样把自己埋在水里
想呼吸就呼吸
我会用真诚捍卫她们
谁也别想玷污

如果河不停下来，我会一直跟水走
来到河水的小屋
和相爱的人生一个花朵的女儿
让她从小就知道一条河流与一个家族的秘史

如果河是一个母亲
我将一生一世爱她
如果河不停下来
娘就会天天来打水
给门前的梨树，屋后的菜园
栅栏里的母羊各备一份
剩下的，她照一下自己
用手弹掉额头的草屑和汗珠
让你知道河水抬头的时候
一样有自己的山头和尊严

站在桥上看故乡

一天傍晚，我赶着羊群来到桥上
看见炊烟躺在水底，月亮在它身边洗澡
羊群在草垛上安静地吃草
有一只跑到树上够树叶
差点碰掉了我的帽子，掉到月亮头上

娘在桥上晒谷子，近年来娘的腰有些弯
弯得和桥一样，又像弓箭
她顶着云朵的头巾和身边的小羊一样白
白沿着她身体的桥，也来到月亮上
那些金黄的谷子，带着我们想要的生活
踩着想象中的彩虹，在月亮旁边播种星星

把我们带到想去的地方
河给了我们最好的指引
站在桥上，看月
我看到一帧干净的头像，在水中越来越清晰
像晃动的水罐，我们越浅薄它们越深奥
因为我们从来不知道一条河和一座山
每天在想什么
忍受着一座山任性地压下来
替别人着想的善良，除了流淌的河水
我们谁也不知道一座桥承受了多大的压力

如何看待一条鱼跳到岸上

鱼在水里喝水
想什么时候喝就什么时候喝
这是在自己的祖国，到处都是水
鱼每天用呼吸搬动河水
看上去已把幸福牢牢控制

岸上，割麦人埋头割麦
长胡子的爷爷抱着麦子
胡子里飘着雪
淘米的老妇人提着水罐
在生活的道路上没完没了地走着
他们是另一群找水喝的鱼

一天，河里的鱼想跳到岸上
看人本真的生活
是如何一次次躲过灾难和不祥
恢复前所未有的平静
鱼离开水，挣扎了一会儿
跌落在大地的怀中

鱼丧失水，从喉咙里发出丝丝轻微的叹息
跟走完一生的人一样
所以，当我向你讲述一条鱼的命运
其实也是讲述人的命运
在希望和绝望的夹缝
人和陷入困境中的鱼没什么不同
多数时候并不知幸福何时到来
更不知灾难何时降临

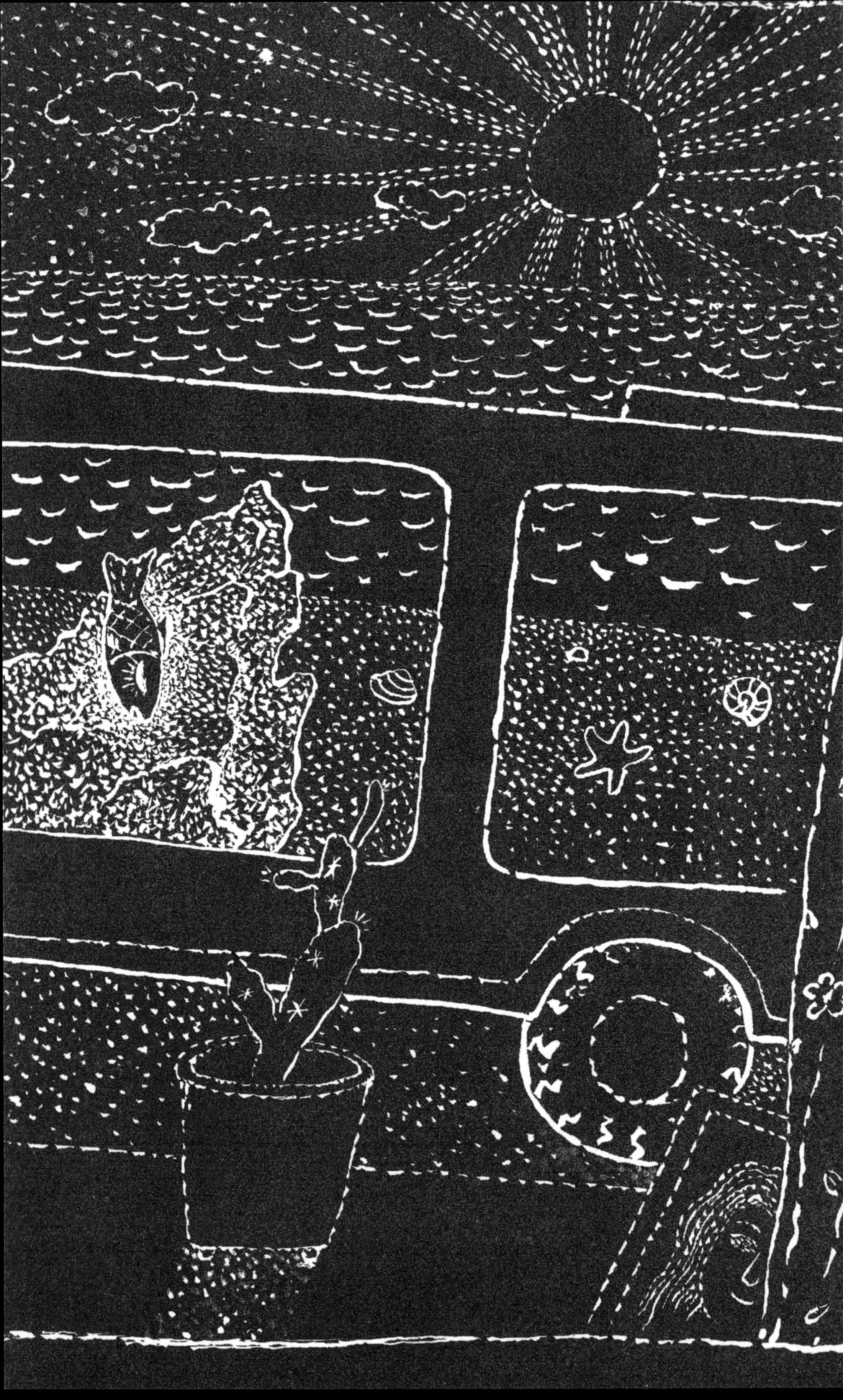

第8辑

穿越无数个白昼和夜晚去见你

上马石

祖上传下一块石头，曰上马石
由此推断过去我的家族有马骑
把自家种的土豆和蒜头带到集市
回娘家借麦种
顺便到另一个村子的郎中家
给祖父讨要治咳喘的药方
我的奶奶是家族成员中
踩着上马石骑马次数最多的一个女人

奶奶穿着野花的衣裳
头顶云彩的围巾安坐于马背
一个善良女人高出树梢的那些善念
在风中散发麦子和药材掺杂的芬芳
一个女人和一匹马奔跑在善良的路上
总能给苦涩的生活带来最好的遇见

终有一天，马和骑马人都会离开
唯独上马石会留下来
时光的马匹从昨天跑到今天
我看到有人在这里一如既往继续喂马
一块经得起端详的石头
多少年，一直隐身乡下
它让我看到一个家族的兴旺
也让我看到一个旧时代的衰败

把不想背负的东西一件件丢掉
把想挽留的东西一一找回来
一块石头漫长的沉默目睹远方
仿佛等我归来
听故乡用最低的声音和我说话

粮草官

兵马未动，粮草先行
给军队和马匹提供充足的粮草
在这场持久的战争中
祖父是粮草官，父亲是粮草官
给战场提供骄傲不屈的人头
为一场战争胜利提供信心和勇气，旗帜和鲜花
为江山崛起提供一河波浪宽的血
每一滴血都配得上盛开千年

祖母和娘也是这场战争的功臣
为培养下一代粮草官
继承和接替运送粮草的任务
她们用盛放大海的子宫
用雪一样圣洁的乳房
肩负生儿育女的光荣任务
在她们羞涩而宽广的怀抱中
未来的粮草官和草料场相继诞生

用皱纹搓绳子，把爱搓得又细又长
用脚印把大地宽广的爱固定住
粮草官在押运途中本应与王平起平坐
多年来却一直隐身乡下
与一棵最好的草和一朵最好的花
保持亲密无间的关系

贴春联

把春天贴到门上
阻挡不祥之物
让团聚的人在酒和火的歌谣里
辞旧迎新
把明天的太阳唱得比昨天更红
一张纸想开出大红花
召回早已飞走的蝴蝶
在触摸时留下胭脂的唇印
证明我们在希望里活着
更爱新时光

两扇门合上是春天的小屋
花儿要在这儿开满芬芳
敞开是河的两岸
大海要在这儿掀起幸福的波澜
贴春联的人
种下一颗比灯更红的心
清晨我看了它一眼
晚上我又看了它一眼
它那么红，那么暖
吓得我不敢在这吉祥的时辰
把人间的苦难说出来

贴门神

门神在此，大鬼小鬼莫进来
今夜娘在屋里安睡
娘头上的草已经被雪埋了
让那些卑微的草度过一个平静的晚上
今夜英雄好汉来守门
各路鬼怪请绕行

娘劈柴取火，挥刀断水
娘被药片喂瘦了
今夜娘要轻轻放下自己
好好清闲一下

在乡下，门神是圣洁的
在它的祝福中
该结束的已经结束
今夜我看见娘在门神的守护下
腮畔渐渐有了胭脂的光芒
所有的灾难和不祥
都不敢站到镜子里
看我们脸上裸露令人敬畏的吉祥

今夜门神来守门
左边杏花开了
右边桃花开了
今夜晚霞更红
所有的花朵欢聚一堂
仿佛它们要竖起耳朵
听明晨的太阳来敲门
给人间带来风光一生的好运

穿越无数个黑夜和白昼去见你

故乡，那些朴素的旧衣物
藏着一个个比水库还饱满的乳房
穿越无数个黑夜和白昼去见你
我在一条鱼搬动河水的路上
总是无法摆脱河水的芬芳与伤痛

远方，父亲种麦割麦
腰累弯了，像一堵倾斜的墙
仍保持足够的高度和硬度
远方，母亲在榆树下搓麦
头上落满了积雪
我多想跟随一粒麦子流回到大海
在一盏灯的势力范围
把那些趋于澄澈的事物熟记心间

在这世界，只有故乡能让你看到
比花朵更美的善良
它在母亲的皱纹里，沿途开满忧伤的野花
一只羊经过，眨巴眨巴眼并不打算停下来
一些草生，一些草死
一切都习以为常

草尖上，一些露水藏着我的泪滴
一些藏着我想要的大海
穿越无数个黑夜和白昼去见你
时光往往总是让我走在一只蜗牛后面
虽然不知何时到达，却心怀希望
酷似傲慢的庙宇，众神争先恐后收获香火
却不愿掸掉我们身上的尘埃
巨大的安静，震动我骨头里的雷声
仿佛一朵枯萎的花已被唤醒

故乡是一包芬芳的草药片

有一个地方，必须一辈子装在心里
类似我牵一只羊走向草地
它总在前面牵着我
仿佛我是一个容易丢失的人

如果没有故乡
河水会不会从这儿经过
岸上会不会有药材长出
会不会有桃花
在一个人疲倦的脸上
流下早晨的泪水
使我们痛苦和不安

这么多年，该得到的一直未得到
该放下的一直未放下
有时候感觉我想获得的东西离我很近
近得就像穿过一条马路
看见邻居赶着驴车运粮食
上面坐着穿红袄的表妹
天边的云彩都想飘落进她眼眸
倒映出蓝天的清澈

想见一个人的时候把路铺得短一些
离散的时候把路铺得远一些
我渴望在路上遇到我的亲人
我的亲人是拯救我的医生
我给他们提供了一场病
不知道藏在我心里的疼还要忍多久
才能在医院的窗口讨回珍贵的药方
取走那些散发着芬芳的草药片

一只鸟落在树枝上

一棵真诚的树，不会拒绝
一只快乐的鸟落到自己身上
它需要春天装饰自己
需要一只鸟带来的快乐排解孤独
不需要谁替它讲述寒冷

风解开了树的绳索和镣铐
把更多的树叶吹成春天的窗户
黄昏，一只鸟回到熟悉的林子
像一个劳作的人回到床上放下自己
它与树枝亲近，不停地摩擦
羽毛洗干净的夜晚
月光像从天空中飘来的情书
一只鸟不在意一天发生了什么
只在意爱如何让今晚给自己带来平安

树林比嘈杂的市场更安静
静得连虫鸣的低吟都能听得见
一只鸟落在树枝上并不打算急忙离去
它要在爱扎根的地方，忘掉物质的存在

如果有一根羽毛掉到我身上
我奉它为月亮的书信
如果有一封家书还未寄到
我要在途中不停地搬动自己
回到林子，看一棵树
结出果实一样红的新娘对我笑
看太阳从一天早晨，慢慢经过人间
照亮我们回归安静

梨花被风吹白的时候

天不会永远黑下去
苦难也不会永远是一个人的苦难
风为我们打开了尘封的经卷
梨花被风吹白的时候
我从树下经过
一朵梨花掉下来和我撞了个满怀
多少年过去，它蹭在我身上的芬芳
好像已被多情的云朵
牢牢地拴紧在我身上

雪上树的时候
黑夜已经下树
雪踩断了黑夜的骨头
所以黑夜不敢叫板雪
使故乡这些最本真的善良
被风吹得越来越白
越来越干净

用雪洗掉耻辱
抒写一个地区的光荣
张扬抬头的尊严
一棵梨树要高过大地和烟囱
让人端详
风一吹，让你又见炊烟
又闻恍若隔世的芬芳
断了你企图逃离的念想

故乡可以遇到

故乡是放脚印最多的大地
如果一只脚跟着鞋子走出故乡
故乡会不会丢失
如果一只鞋子是船
我会不会在没到达大海时
在一块沉默的石头上被晒成满脸倦意的鱼干

我遇到的城市不是我的故乡
在县城的彩虹路和滨海路
我遇到乡下女人在建筑工地挥汗如雨
她们穿着和故乡一样的衣裳
用和故乡一样的口音和我搭话
不是从我村走出来的也是我遇到的故乡
如果太阳不落山，再过一会儿
她们的汗水一滴一滴地滴到花朵身上
亮在我眼睛里的星星
是为我一直醒着的故乡

故乡可以遇到，在梦里遇到也算遇到
许多年前，故乡遇到我给我起了一个名字
我穿着故乡的衣裳行走各地
我身上藏着的胎记就是我天天遇到的故乡
在我走出故乡时，故乡就在脚印里秘密跟踪我
傍晚，在解放路我遇到来自乡下的二丫
突然遇到，她眼眸中那一泓清澈
倒映出故乡的山水
先让我突然变得凌乱、局促和不安
继而让我获得巨大的安静

棉朵

秋天，我来到田野
早来的第一场雪
让我结识了许多叫棉朵的白衣仙子
它们坐在白色床单上
像白天鹅游进寂静的湖水
每一根羽毛都接近了白昼

黑夜给生活提供了一场大病
它们给世界提供了一块巨大的遮羞布
那布光芒四射，像胶水一样黏人
我朝一朵棉朵走去
刚迈出了左脚，右脚已被抱住
到处都是干净的乡土
到处都是黏人的乡情

时光的袍子，月光的鞋子
在人间，你是银色的
你躲藏在乡下，过平静的日子
你辽阔而高贵
嘈杂的市场哪有你安静

抱紧这个秋天
雪白的棉朵使劲往下压
把黑夜压到一块石头的底部
我看见古时候的月亮来到棉花地
它身边围着一群羊
未经上帝批准，它们都遇到草原

苹果熟了

时间回到苹果园
属于人民的果实
携带一个国家最好的日出和日落
启程了幸福之旅
经过秋天的人
谁不想在乡村的阳光下面
接受时光的邀请
和这片林子共赴秋天的盛宴

这片果实，腮畔上有好看的朝霞
第一次露出这么真实的笑容
我分不清哪一颗是过上好日子的母亲
分不清那一颗是二丫用胭脂染红的
这些丰收的果实
顶着盖头从我们身边经过
它们有两条秘密的河流
一条流走了苦难
一条被幸福缠绕在途中

置身这片朝霞一样迷人的园子
渺小的我就像一根针掉入大海
晃醒这片园子的未来
生命中爱我的树枝
在劳动中经受了烈日与风暴的酷刑
它藏得下一个人的疼痛和苦难
绝藏不下收获带来的欢喜和快乐
那些果实穿着云彩的衣裳
看了我一眼，太阳就升起来了

栗子咧嘴笑

忍受了那么久，不把这个秋天笑红
在围里村的小山岗上
没有花轿从这里经过
没有好看的红盖头，在风中飘扬
不把这个秋天笑红
栗树还会没完没了地从天黑站到天亮
一句话也不说

把巨大的苦闷藏在容天容地的腹中
这片扎根在大山中的栗树林
相信太阳在一天晚上落下，还会在一天早晨升起
它相信笑比哭好，相信苦日子不久就要过完
相信生活不会过分为难我们

擦干泪水，把花朵的腮畔笑得比昨天更美
把朝霞笑得比河水更清澈，比露珠更光滑
把一盏熬干的灯封存在记忆
抗争命运的树林
在春天和秋天走过的路上形成伟大的照耀
让突然掉下的灯，把一座寺庙掉到我身上
带走我的疼痛、惊恐、贫困和耻辱
让所有的光一起包围我
我多想跟着满脸喜悦的人群
在树下更慢地走

离开

每一条河都流淌着鱼的呼吸
但不是所有的鱼都是幸运的
近年来水在减少，在流逝
污染越来越严重
原先的清澈不见了
水中再没鱼想要的生活

一天早晨，祖母舀起半瓢混浊的水
给了正在生育的母羊
她想再舀一点，给刚栽下不久的芙蓉
小河的眼窝，像她干旱的皱纹
已没有多余的水滴

风说服不了鱼的固执和倔强
它离开水，在草地上玩了一会儿
便觉得口渴，甚至呼吸困难
跟抗旱的村民一样
没有力气对快要枯萎的花朵笑一下
也没有力气说出疼痛

离开只是一步
回去却那么遥远
当世界遭遇残酷和冷漠
旷古的沉默，路过这里
折磨和考验多么漫长

山路

进出山的路，我的祖父祖母走过
我的父亲和母亲走过
野兔和羊走过，留下排泄物
曰医治百病的百草丸

我的父亲和他的羊，在这条路上走了几十年
那些羊，像听话的孩子一样
它们听惯了父亲的咳嗽
不用赶也能回到栅栏
一切都太熟悉了，就像认识每一棵草
这些留在故乡的云朵，可以遮住浮尘
使我们闭着眼也能看见那些清澈的东西

作为一个母亲的儿子
昨天，我是一只羊从绳子上滑落出去
它在我脖子上越缠越紧
怎么挣都挣脱不掉
仿佛勒住了我逃离的心
保持了一颗种子要努力回到泥土的位置

活人走过的路，死人也走
一些离去的亲人埋在山上
算离去，也算没离去
这条路在脚印一遍遍灼热的叙述里
搓着一根比河水还长的绳子
它把爱打了一个死结
人只好像一条鱼被水牵着
沿着干净的水，一遍遍荡漾无法平息的波澜

火车开走了

火车带走了我
转过身，故乡在后面看我
故乡流没流泪我没看见
前面是更远的路
后面是更小的家

我那么喜欢火车
让它带着我到处跑
火车却不能把我热爱的故乡一块带走
留下更多我搬不动的
比山还重的情义
看着我在火车上消失

我相信故乡一直在追我
它只是失去了奔跑的力气
让我越跑越远
火车啊火车
故乡是你永远丢不了的大地
你跑到哪里
都跑在它伸出的手臂上
在它的眼眶里，我和火车都很小

另一个二丫

为供二丫上学，与她相依为命的奶奶
已经累倒了
我不能描述二丫的心情
就像我不能描述一棵草在风中的表情
甚至不能描述，一头要吃很多草的牛
失去奶奶的饲养和陪伴
如何生存下去

替奶奶割草放牛
替奶奶讨回公道
她要在一棵草倒下的位置
通过认识一棵草的春天
让人重新认识另一个二丫

今天她牵着奶奶牵过的牛
走在牛缰绳一样细的道路上
她心里放下一头牛的春天
觉得路途不再那么难走
她梳着谷穗一样好看的辫子
在风中不停地晃动
仿佛藏在草丛里的花朵
每一朵都是另一个二丫
滴在草尖上的露珠
每一颗都是照亮她的佛珠

水中藏着我

井是藏起来的故乡
它藏在最深的地方
为我拍了许多照片
水里藏着我
站在井台上往下看
炊烟和月亮的诞生地
我是一个婴儿
被水抱着多么娇小

给我指认哪里的春天
花儿开得最美
时间的鞋子依旧走得很慢
一条小鱼来访，它告诉我
为了让我喝最好的水
娘在白天流了许多汗水
在晚上流了许多泪水
那么多水加起来成了海
更多的水滴到我身上
从此人间再无荒凉

海一样深的情意
我一生一世也搬不动
只好让它每天搬着我的照片
朝天空晃动
朝每天向大海倒水的人致敬

野花岭

野花岭上的风想什么时候吹就什么时候吹
它能把草吹得更黄，也能把草吹得更青
野花岭上，那些白开出来是雪
那些红，开出来是胭脂
站在野花岭，我看见一朵朵花泡在露水里
比我想象的更忧伤

据说以前这座山岭埋过死婴
一个比野花更美的女人
天不亮抱着婴儿到野花岭上收麦
她解开衣扣，把比泉水更好的泉水
塞进婴儿的嘴里
之后蹲在地头开始割麦子
从这头割到那头，再从那头割回来
那个还没喝够奶水的婴儿
手里攥着一朵还未完全开出来的野花
不知何时已坠入深谷

一个女人在野花岭流了多少泪水
天上的云彩都擦不干
我不知道那些开出来的野花
是不是一个婴儿苏醒的亡灵
我知道一个母亲的爱抬高山岭
让我在山下显得更低矮

泥饭碗

祖父祖母端过泥饭碗
爹端过娘端过，我也端过
泥饭碗可以将我养大
也可以让我退回童年
看克制不住快乐的小鱼
和我一起走在清澈的水中
听一碗野麦，比我想象的要美好许多的东西
给我讲述那些悲悯和最卑微的故事
让时光慢慢停住脚步

金饭碗、银饭碗、铁饭碗
哪硬过泥饭碗
它们的前身都在泥里
按辈分它们都尊泥饭碗为祖宗

泥饭碗啊，泥饭碗
我怕你碎了我再也看不到故乡月
我怕我走了野花的芬芳再也飘不回
我怕时间摧毁了我
再无时间报答滴水之恩

泥饭碗，你要经历多少月缺月圆
才会让人猛然醒悟
原来今天的生活是你端平了人间

第9辑

有一种柔软的东西在屋顶上起伏时俘获了我们

它叫炊烟

出生地

一间西屋
一盏快要熬干的灯
隐伏着一千条路
我的娘最终只选择了一条
在去见太阳的路上
开始给我当娘

墙西是一棵树
不远处是一条河
我没出生时，母亲在这里吃盐种麦
为我储备口粮
父亲在这里割草喂马，建造仓库

一条带血的脐带流着河水的芬芳
是谁给我安放了一颗人头
在一根细长的葫芦秧上长成喝水的葫芦
让我不断说起粮食和乳房
多年后，当春天枯萎
当风拿着梳子给一座雪山梳头
我在河边无意间掀开一块石头
一条蚯蚓的出生地
让我一次次想起故乡的朝霞和晚霞

故乡，为什么我总要离开你

我不会走路就生活在这里
溪水边，我看见花朵们
在镜子里看自己害羞的模样
它不告诉我离幸福有多远
也不告诉我苦难何时过完
只让希望在离我们不远的地方
以最美的姿势恢复我们对生活的向往

在故乡，我很渺小
没人顾忌我的存在
我的泪水流淌的次数比欢笑还多
但故乡不会抛弃我
就像春天不会抛弃花朵一样

生活总会有一些泪水
让我产生逃离故乡的想法
没人在意我逃离了多少次
我的脚沾满故乡的山水
总是逃不太远
每次离开故乡总是在原地等我
等我在一天晚上被风吹到水里
抱着落日去见娘
一盏灯的叙述抚平了时间的皱纹
故乡多么安静

卖青菜的表妹

那个躲在菜市场一角卖菜的人是我表妹
她来到这个城市快一年了
为了换取救治孩子的医药费
她每天都要走很远的路
把那些顶着露水的新鲜蔬菜
从乡下带到这座挑剔的城市
眼巴巴地看着好时光被需要的人挑走
剩下孤独陪伴失去光泽的生活

一天早晨，这个瘦弱的女人正从我面前经过
她步履匆匆，好像在丈量到达春天的距离
她单薄的身子，挑着一路跟随她来到这座城市的
蔬菜
每一棵蔬菜都寄托着巨大的希望
她脸上挂着没有被风吹掉的汗珠
仿佛能买下一座城的珍珠

她希望太阳快点升起来
又担心太阳升起来晒干了露珠
留下更新鲜的泪痕
使自己和被挑剩的蔬菜，剩在这个城市的路口
不知走向哪里

贩卖青菜的表妹把自己泡在泪水里
用乡下的善良一遍遍温暖着这个城市
那些从春天赶来的蔬菜被挑剔的人挑走
不知道表妹在通向春天的途中
还要忍受多少辛酸，才能为自己挣来好运
贩卖蔬菜的女人，岁月在贩卖她的青春
她想用蔬菜略微抬高自己的春天
却在无尽的路上收获着自己的痛苦

屋顶上的炊烟

再难也要升起炊烟
所有的炊烟都是娘头上的雪
一直以来，我们在炊烟里活着
都不知道炊烟是怎样升起的
屋下的一颗心蒙受多大的冤屈
也要让炊烟白着
它白着，生命就有扳不倒的高度
多艰难的生活也会有一盏灯瘦掉自己
留下足够儿女风光的亮度

炊烟是村庄上面的村庄
我们是炊烟的孩子
理所当然都管炊烟叫娘
炊烟由草所生
草的芬芳弥漫
所有的人千里迢迢都要赶到这里
聆听一场关于炊烟的伟大教诲

谁没在炊烟下做过自私的自己
炊烟笔直地升起
不久折弯了自己
养活了我和你

山水间

山水间藏匿着许多不为人知的真相
祖父和祖母原先种谷子的坡地
谷子已不见，那里有一处废弃的工厂
已被时间遮挡多年

山水辽阔，万象丛生
山水间，墓地排列有序
墓地中藏匿着不知姓名的死尸
一个个山头尊严而立，也是一片好山水

怎样才配得上这片山水
像一只羊爱上这个春天的每一棵草
我要在这里陪着山水，一直爱着养育我的爹娘
最终我要在这里爱自己
他没有被枯萎和泪水所摧毁
他看见自己死后，在墓地里活着
抬头的春天让诞生比毁灭更辽阔
辽阔让他找不到一根针再一次扎疼自己

只有春天能够驱赶荒凉
只有山水能包容一切
它能原谅历史，让你遵从自己的内心
与世界达成某种妥协与默契
听阳光的叙述带来一辈子的爱和温暖
在时间中风光一生

坐在草垛上看月亮

草垛不长
月亮不敢下山

坐在草垛上看月亮很好玩
那么多草托着我
谁也不敢把我扔下来
掉下来有草接着

草垛的乳房超过了山岭
草认为我们还是孩子
月亮也认为我们没长大
就由着我们的性子
后来我们不玩了
雪上山的时候
我们老了

草的高度应该有一次跌落
让更多的孩子在上面继续玩
月亮下山的时候就会特别开心
铺上厚厚的月光
让人觉得草特别亲

每一个离开家乡的人都有两颗心

一颗心上路的时候，用泥土又做了一颗心
走出的那颗心是这一颗心的照片
跟留下的这一颗叫大哥

一颗心没有故乡是不可能的
一颗心上路，一颗心在喊
一颗心受伤，另一颗心是它的医院
为它提供药材和纱布
一颗心走远了更想回
所以故乡总是在乡愁里
用一颗心去拉另一颗心

一颗心在这世上耕种自己的苦难
走出的这颗心
是另一颗心的罪犯
永远带着故乡的枷锁
和矿山关押在一起

辙印

在我的记忆中
辙印是车轮纺织的丝绸
我喜欢这些辙印
我想知道它们从哪里来到哪里去
它们像蛇一样爬行在大地上
是躲避什么
还是在等待惊蛰

萤火在辙印里闪过
一些秋天走远了
一些黄昏回不来了
它在父母的额头上弯曲着，延伸着
它今天仍是牵在父母手里的绳子
在远方我也被它牵着
它勒进我的肉里
流淌在我的血里
根本不敢挣脱

我想沿着它辨认回家的路
途中，难得有一块石头留在辙印里
让我知道拉车人的骨头
原来跟石头一样拥有寂静的力量
我们的苦日子和好日子从那儿经过
没有一棵草和一朵花愿意躲过露水漫长的浸泡
在通向彩虹的途中抛弃我们

早晨穿着露珠的鞋子来了

死人的早晨不会醒来
活人的早晨天天起得最早
这时天还很黑，黑的还可以叫黑夜
让人躺在黑夜的门板上想象太阳来时的模样

有些活必须在日出前做完
必须从露水里经过
母亲睡不着，多年来已养成早起的习惯
她坐在窗口，开始给黑夜梳头
黑夜的头发有的被雪埋了，有的还留在黑夜中
就像眼前朦胧的世界
她瞅了下远方，远方仍很黑
趁着太阳还没出来，她要把手里的活全部做完
然后再去西河边给牛割一筐草背回来

生活总有干不完的事情
总有过不完的黑夜
天不亮娘穿着露珠的鞋子背回一捆草
那草上有几朵野花
难不成点缀我们生活的露珠
是娘的泪水和汗水做成的鞋子
经受了时间的许可
才在一天早晨来到我们身边
给我看她内心一望无际的澄澈

冬日的家具店

树，站着是树，躺下是木头
木头被打成家具涂上各种颜色
树又活了
活过来的树以前开过红花
开过黄花开过紫花
现在它披着好时光
以嫁妆的身份
正耐心地等一个人
把它放进爱河
看阳光猛烈翻滚

在家具店，身体里藏着春天的女人
有了更好的想法
她们想用爱打动这个处于昏迷状态的季节
让这些好看的家具陪着自己
把以前倒霉的日子埋起来
不久以后，等一阵春风吹来
还将开出各种各样的花
花朵上放着一个人的泪滴
也是那么光滑可爱

一屋子熟悉的花香
肯定会有一只蝴蝶带她们去想去的地方
先生一棵春天的小树
再生一个未来的木匠
把剩余的日子过得比炉火更红

旱河

河的乳房，已经流干了水
一个母亲养大儿女
没有一滴多余的水施舍我们
时间剩下一些涂满疲惫和倦意的石头
让我们目睹了一条河流的孤独和荒凉

河岸添了一座新坟
一条寂寞的鱼被烧成灰
再也回不到水中
大地被稍稍抬高了一下
我看见祖母留下的水罐
像一个枯萎的人头
它闭着眼睛，显得十分疲倦
几乎容不下灵魂在里面大声喝叫

昨天的花开过，我们已不再想
明天的花仍叫希望
一天天朝我们的渴望逼近
傍晚，一只羊来到河边试图碰到好运
羊多次喝过河里的水
再难找的草也容易找到
这一次，羊被黑夜蒙住了眼睛
羊在零乱的足迹里奔跑
仿佛一根绳子要把它牵进屠宰场
把悲伤带给我们辨认

日渐衰老的旧屋

屋顶上是春天长出的草
它们开过各种各样的花
花儿凋谢了，那些草还在山上
目不转睛地看着山下

屋脊上是泥土烧制的瓦
那些披着铠甲的瓦片
捍卫着至高无上的尊严
它想过要把我们培养成元帅和将军
最终我们都成了草

屋顶上的草已老
屋下面的人是生我养我的人
我在那儿住了很多年
每年春天，院子里都飘着牵牛花的气息
我不知道它牵住了一头牛没有
我知道它牵着老屋的灯光
在远方一直牵着我
让我在一根青藤上不停地来回寻找

它把所有的爱给了我
跟蚕把所有的爱给了春天一样
伟大的爱给我铺了一条丝绸之路
而今我却经常离开，从没为它做过什么

倒影

村庄和树轻轻倒在水里
炊烟在它们身上流淌，越来越清澈
那些倒影填满了河水
仿佛母牛骄傲的乳房
民歌和自由弥漫
所有的草都献出了草汁

那些垒在墙上的石头，支撑着烟囱和房梁
一只蜗牛在云朵上奔跑
跑了许久都没跑出爱的国界

河畔，令人惊骇的春天
从石头底下鼓出一片改变世界的芽尖
我听到骨头和水交谈
所有的草都长出春天的耳朵

骨头和闪电，在有月亮的晚上眨动眉梢
草垛，炊烟和水罐
还有二丫一个人洗澡时无意间露出的红肚兜
它们泡在水里多么美
我从河边经过，不知不觉掉入其中

炊烟喜欢爬山

把要倒塌的日子扶起来
把泪水中不死的一天
过得比花朵更红
早晨，中午和黄昏
家乡的房梁芬芳弥漫

朝渴望到达的地方
起伏河水的波澜
炊烟带着它的心
一直朝高处走

尘世，升起炊烟的人在爬山
爹砍柴进了山里
娘淘米去了河边
在低处燃烧
把疼留给自己
在上山的路上开出善良的花朵
给我们看迷人的绽放
她们偷偷流泪的样子
我们多数人谁都没看见

炊烟

我的眼睛时常流泪
那是因为炊烟走过
踩深的两个黑洞
留下两滴干净的露滴
让我想起娘

由于天气的原因
潮湿的柴不易引燃
母亲低下头，像吹口琴
琴声把眼泪都吹出来了
擦擦再吹
迷人的吹奏把火苗吹红了
把腮畔上的花儿也吹红了

如今那些抱着火苗的木柴被烧成灰
春天已老
炊烟在屋顶上奔跑已久
炊烟已老
那些升起炊烟的女人已老
乳房已老

把我们带到想去的地方
炊烟有的已经消失
娘的春天在山顶萌芽了那么多草
我多想跟着一只小羊来到山顶
伸出挑起的舌尖
捧读那几滴滚动的泪花

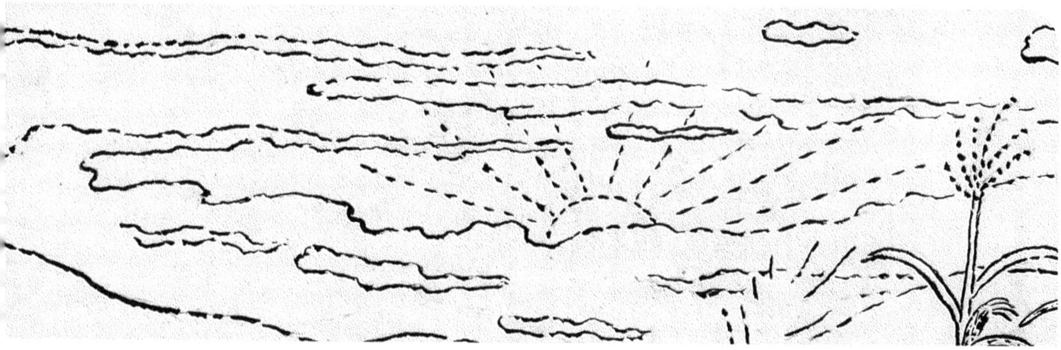

第10辑

一粒麦种内心的辽阔

吃过麦子就是麦子的孩子

地球上有了麦子
人类开始有尊严地活着
它宽容并热爱着生者

这是我们的生死之地
化解人生的苦难
这长在大地上的麦子
这金黄的颜色，在大地上一直铺展
在它怀里我们多么渺小

喝过娘乳就是娘的孩子
麦子其实也是一个伟大的女人
绚丽的大地，一粒麦子的血汗伟大辽阔
它把全部的爱给了人
有人忘了麦子是怎样种出来的
不知道自己是麦子养大的
所以永远不知道
一粒麦子走过的收割路有多远
永远不知道一粒麦子
为什么总是在早晨的露水里流露短暂的悲伤

每一棵玉米怀里都抱着一个婴儿

每一棵玉米怀里都有一个生命诞生
每一棵玉米怀里都有一个让人崇拜的乳房
玉米啊玉米，金色的玉米
你伟大的胸怀如此宽广

更早的时候，我在一棵玉米怀里诞生
这棵世上最好的玉米
长着太阳和月亮的乳房
成了一个婴儿长期依赖的母亲
我在光里活着，管一棵玉米叫娘
叫了几十年，直到今天还在叫

每一棵玉米都会老去
它们老去会让种子留下来
它们知道一定会有人寻到这里
在玉米走过的路上
喜欢上这个国家的种植和收割
站着端走一盏灯，跪着取走一滴水

我希望自己是一棵玉米
当我老了，长出胡须
我要死死缠着它
直到耗尽最后一丝力气
当我从它怀里掉下来
我是种在土里的玉米
站在坟头上，玉米又活过来了

正午的麦地飞满五颜六色的蝴蝶

如果一首诗里出现了麦子
就一定有蝴蝶飞过
这块招人喜欢的麦地
在蝴蝶来访前已被收割了无数次
它披着烈火，梳着河水的辫子
胜过世上最好看的花朵

这是人民的粮食
一粒麦子宽容的内心
规劝夜晚离开时
尖锐的光芒比天空更辽阔
这块麦地，麦子挨着麦子
热烈簇拥着热烈
芬芳弥漫着芬芳
我在诗歌里赞美它
是因为它遮掩着伟大的苦难和疼痛
用粒粒萤火照亮了我们

正午的麦地飞满五颜六色的蝴蝶
每一只都像我带在身上的胎记
有一只替我抱着麦子的头颅狂吻
有一只替我触及了麦子的灵魂
爱让麦地有了色彩
只有我知道，这浸透风雨千年不衰的烟火
在征途上经历了什么

齐鲁大地上的麦子

时光比火车还快
麦子一下子全黄了
从一个地方到另一个地方
我眼里的英雄血在沸腾
比黄河水还饱满

齐鲁大地，有一片黄
一直漫向辽阔
麦子挨着麦子
黄是民间走廊开得最美的花
就像河水不能停下奔流
你不能停下收割
老祖宗和麦子共同走过的收割路
要弯成多少滴血的彩虹
让我们在乡愁里一遍遍奔波

数清了汗水你就数清了星星
过不了多久，这片黄会消失
我听到最后一棵麦子倒地的声音
多想扑到麦子的怀里
带着这片视你为余生的体温
等待下一列火车轰鸣开来

说起麦子

在围里村有人还在种麦收麦打麦
他们吃过最多的苦都不叫苦
他们流过最多的水叫汗水
种麦子给别人吃
那些被麦子喂过的人就算已长大
今天仍被麦子喂养

好人种的麦子
好人吃，恶人也吃
木匠吃，石匠吃，铁匠也吃
上了断头台的人也吃

说起麦子，我看见故乡的田垄晃动一片宽阔的波澜
一只只蝴蝶，千里迢迢来到这里
轻盈的翅膀剪掉了多少风雨的细节
给我们带来多么静美和神圣的时刻

说起麦子，我看见至爱的亲人靠一把镰刀打天下
像征战的英雄，佩戴五月的鲜花
一颗正直、善良而勇敢的心
为大地注入色彩和生机
是那么惊心动魄，又是那么温柔似水

在围里村，那些上了年纪的妇女
都做过最好的麦子
一棵棵麦子，一尊尊披着阳光的佛身
你教我放下了苦难
为什么放不下豌豆花顶着露水盛开
你用麦芒的绣花针绣出太平盛世
为什么最后仍要靠麦种引路投身一口棺材
给我们留下一条漫长的收割路
神的旨意，谁在善良的路上哭干麦种的眼泪
谁就会收到多于苦难的祝福

贬值

放了几年的小麦生虫了
也有一些发生了霉变
为了减小损失
到了该出售的时候了

但行情一直不好
整个夏天雨水涨潮
小麦却撞上了落潮
开始跌了一分
农民心里咯噔一下
不久又跌了一分
农民心里又咯噔一下
一分一分地跌
细算，不起眼的一分
该是多少汗水的流失

河边淘麦的老妇人
脸上好看的红晕正离我们而去
一部厚重的史书还没打开又被风合上
所以我们根本不了解那些被遮住的真相

麦苗

站在田野上的麦苗
此时还不能叫麦子
它们还年轻，就像一个女子站在照片里
等待爱人来收割
你的渴望让它们如此端庄

乡间有多少女子的照片
被人偷偷保存过
喜欢这片麦苗的人
一定是被它们身上的芬芳灌醉了
趁收割尚未到来时
任它们头顶露珠的王冠
和我们一次次相遇

麦苗，你身上散发的芬芳
在劳动中掺杂了多少汗水和野花
让月牙做着出征的准备
为善良人守住贞洁
它们需要站在雨水里
把自己洗得比宝石还干净
我遇到的麦子
每一棵都长在水中
用鱼的眼睛看我
仿佛它们要用跳跃
把一个季节的容颜和苦苦等待的幸福
纷纷降落在我们的头上

青春期里的麦苗
你们身体里那份纯真的爱
我还没开始收割
一颗心已被它带走

和麦子在一起

在麦田，我们和麦子在一起跟鱼没什么两样
我们先是娘的奶水喂养，以后靠麦子供养
麦子至少可以算是我们的干妈

在故乡，每一棵麦子都是寺庙
每一棵麦子都住着我们敬仰的佛祖
它把苦难种在离我们最远的昨天
把幸福种在我们触手可及的眼前
那么多麦子种出点亮天空的星星
让我们猜不出无限的爱有多辽阔

和谁在一起，也不要忘了和麦子在一起
离开谁，也不要离开麦子
有多少麦子等我们去收割
就有多少灯在人心里亮着
它不关心雨水什么时候到来
也不关心旱季什么时候离开
那些被阳光和风梳过的麦田
混合着野麦和豌豆花
大地已经芬芳到没有边际了
搬运令我们脚步加快
好像跑在拥挤的高速公路上
前面的车辆跑远，后面的又跟上来
仿佛阳光撤退到起点，我们看到的
永远是升温的大地更加温暖地陪伴我们

在这里我们永远都不会被抛弃
即使有一天我们过分伤害了它
它也可以做到永不记仇
它的无私、正直和善良已延伸到天空和大海
所有被幸福秘密囚禁的人
只有被改造才配拥有

麦穗是一条鱼

麦穗是一条鱼
这里落在麦穗身上的尘埃都是干净的
有一年母亲领着我去田里收麦子
那么多麦子围在她身边
娘蹭了一条小鱼身上的芬芳
至今还在她的皱纹里
陪着时间慢慢流淌

麦子是麦地养大的
许多年前，我是另一块麦地诞生的婴儿
我被水和麦子一直养到今天
娘给我的身体喂了那么多星星
星星带着我走了很远的路
我所看到的并非是我想拥有的
看不见的水才是我渴望的全部

阳光在麦子身上凝固了
风一吹，仿佛有一片想飘下来拥抱我
多年后，一些水消失了
昨天的种麦人离开了我们
一粒不死的麦种，在山上看着山下
仿佛一盏灯，滴着血
要用花朵擦亮整个世界
让鱼重返大海，还叫麦穗

五月的麦田

粽子飘香的五月
麦子黄了，杏子黄了
一面面黄旗子打开了天空
漏下那么多星星和灯盏
麦种，我们崇拜已久的王或神
分别在一颗星和一盏灯里滴下一滴血
从此有一道耀眼的朝霞和彩虹
一直在收割路上流淌和飘扬
比开往县城的早班车还要欢快

在五月，我们又回到麦地
看祖父和祖母合伙把一块麦子割倒了
用野豌豆、哨子草和青蒿
把它们捆起来堆成一座金山
让阳光在上面打滚
挤得虫儿在里面忍不住欢叫
像一条小溪拐进我们清净的耳朵
河岸上坐着丢了鞋子的花朵

五月会像风一样过去
黄也会消失
汗珠也会在某一天凝固
祖父和祖母相继离开麦地
两粒麦种埋进一个黄土堆
它完整得像另一座喜马拉雅
让人看不见破碎

一粒麦种内心的辽阔

在围里村麦子最富有
这不算什么，它们真正的富有
是它们一生都在苦水里种金子
一生都在走一条没有结尾的收割路
有人可以看低它们
它们从不看低自己的信仰和崇拜

在时间的长河里
父亲一生只会种麦子
父亲在年轮里向一粒麦子弯腰
看上去更像一粒苍老的麦种
一粒麦种，深藏着一个辽阔的世界
爱一粒麦子，你要爱它的全部
爱它给这世界带来一片温暖我们记忆的金黄

大地用麦子安慰收割的人
收割的人用汗水安慰着大地
太阳用光芒安慰着麦子
一个用怀念安慰故乡的人
用沉默安慰着乡愁

一粒麦种的内心有多辽阔
它给我们的爱就有多辽阔
庄重的种植和收割经久不息
吃麦子的人
不管你给一粒麦子带来的伤害有多大
它都会宽容地收留你
让你置身巨大的热情和幸福中
再接近五月的残酷

种麦记

母亲年龄大了不怎么种地了
但选麦种每年都要亲自去做
天不亮母亲就起床了
她把麦种挑了又挑选了又选
显得很庄重，比选村委主任还认真
让种植和收获变得更美好
她要选出值得大家信任的种子
像一盏灯不屈服命运，穿过黑夜去见太阳
娘要把最好的种子和心灵放在一起
她必须这样，让种植和收获一样赢得赞美

辽阔的大地，麦浪起伏
这来自灵魂深处的喷泉散发着野花的芬芳
仿佛要把我带到河水源头
母亲把自己种老了
我多想在她的脚印里变成一粒麦子
在贴近大地的最佳位置
献出儿女的心，证明我爱她

给大地披上金子的色彩
一粒朴素的麦种比世间所有的华丽都高贵
大地上有些角落，有些裂缝藏着你无法触及的疼痛
厚如岁月的沧桑
只有收割能破解它的神秘
邀请一条鱼，从日出游来
游过迷一般无与伦比的麦地
给我们讲述好风光是怎样到来的
把额头上，那些尊严的波浪
仰得比山更高

鸟儿吃了麦子

麦子小小的乳房
用野花的琴拨动泉水
一只鸟爱上朴素的麦子
用轻快的羽毛搬动身体
慢慢靠近故乡

人民的粮食，鸟儿也爱
鸟搬不动许多麦子
也不想一下子搬走
这种田人的汗水
这人民的粮食
鸟儿喜欢用婴儿的嘴唇
把大地最小的乳房
一粒一粒藏于腹中
长出翅膀，在天上飞

人民的粮食流着阳光的体温
散着劳动的芬芳
它把伟大的爱馈赠给我
自己什么都没要
有一年我把麦子丢在地上引诱鸟儿
一只鸟不忍离去，用生命付出致敬
我却用弹弓伤害了善良，多么可耻
我忏悔，我想哭
负罪感让我日夜不安
骂自己简直不是东西

麦地

故乡的麦地，每束麦穗都是新的
被风吹黄的麦地
父亲向一棵麦子弯腰
母亲向另一棵麦子弯腰
他们走得很慢
好像有意让岁月收割自己

天黑了，一些麦子被夜色遮挡
我们看不见了
收麦人脸上的表情也看不见了
我们取走麦子也离开了
但两粒麦种还在我们眼里亮着

走远的人快回到麦地
爱那视你为亲人的麦子
这是你唯一的栖息地
你不嫌它的灯跟露珠一样小
就在露珠里抱一下它吧
让这人间的悲伤
在你的腮畔上开满花朵的容颜
说明你还在爱它
一块涌起波浪的麦地
用干净的水，长出那么多撩人的麦子
它跌落过人间荒凉
也原谅过人的冷漠
它在我们的脚印里流淌着烈火的热情
越来越辽阔

一只鸟的粪便曾是一粒种子的家

一只鸟的粪便
藏着我们看不见的种子
绽放未来的花朵
一粒种子藏在鸟儿的身体里
走了那么多路，艰难地活下来
是我们无法想象的

为了飞，一只鸟爱上种子
飞过一段时间
又把它扔到大地上

一只鸟的粪便是一粒种子的家
一粒种子从粪便存活下来
诞生生命的种子，你用整个春天回报家乡
远在千里，我也想回到你的春天
看一棵草为另一棵草死
看一粒种子为另一粒种子萌芽
这一刻，多美啊

今晚月亮遗落的鞋子丢在麦地

今晚月色笼罩
今晚月亮睡在水的怀中
今晚沭河边上的一块麦地
在月光下起伏着
芬芳的波浪更加宽敞

今晚月亮遗落的鞋子丢在麦地
一只在父亲的脚上
一只在母亲的脚上
他们在麦地留下许多有温度的脚印
感动的麦子在露水里哭了一晚上

今晚月亮坐在河流上沐浴
今晚麦子梳着河水的辫子
今晚月亮的鞋子丢在麦地
今晚人民的粮食被月光洗得多么干净

今晚麦地萤火一片
今晚月亮的鞋子要能掉到我的脚上
我想踢掉一块石头的阻拦
跑遍天上人间
把收割的故事讲给你听
让你眼睛里长出麦子
寻找到你穿过的
已经丢失了很久的鞋子
在刻骨的足迹里，爱上善良的故乡

麦浪

风吹几遍，雨淋几遍
这片被汗水染绿的波浪
开始一点一点，慢慢变黄

黄是大地最美的画作
在那画中，被种植了无数次
收割了无数次的麦子
在早晨苏醒了天边的朝霞
父亲不慌不忙点上一袋烟
火星在浪尖上一闪一闪
我看见这个季节最大的烟瘾
如同人类母亲生生不息的乳汁
在风中飘散浓烈的芬芳

黄落下又起来
我们沉浸在难以描述的喜悦里
如果不是镰刀含着月牙来到人间
我们不知在照耀中停留多久
我看见母亲戴着草帽
在一棵最好的麦子面前出奇地安静
她不抬起头，我永远看不见一根麦芒扎到肉里的表情
那遮挡在麦浪下面的疼痛
如何让我沉下一颗心
从此不再轻易流露逃离的念头

麦浪起伏，像鱼群跌落又跃出
我看见那么多小鱼穿着金色的衣裳奔赴大海
谁不想掀开这片黄色的波浪钻进去
靠近心头最温暖的那个地方
看皎洁月光在父母头上照亮自留地

低下头向大地上的麦种赎罪

感谢麦子，长出心爱的乳房
喂养我的童年
感谢麦种，让大地变得金黄
让我们无比荣耀和风光

说到麦子，我们谁也不如
一个女人的爱更细致
有一天快要天黑时，我看见一个妇女
蹲在路上，低着头捡麦种
那些麦种从一个旧塑料袋里跑出来
那个和娘一样白头的妇女
低着头，一句话也不说
好像犯下不可饶恕的错误
自己都不能原谅自己

她低着头，像一个囚徒
指认自己的罪名
本应该被我们仰望的尊严
被我们尊敬的山头
因为天性善良
在夜色的掩盖下，显得那么渺小

伟大的母爱，从来都是谦虚的
她低下头，其实是在附耳倾听
一粒麦种内心的叙述
判断下一个春天什么时候苏醒
她在路上萌芽了一个地区经久不息的灯盏
在这片羞涩的光芒里
她却成了麦种的奴仆

收割赋

在围里村，麦子和谷子长得很慢
就像爱情没来的时候
有耐心的村民，一颗心为值得等待的目标
走一条马拉松长的路也愿走下去

去年的收割结束了
它的热情还在延续
延续到下一年，又有了新的开始
这是我走过的收割路
当收割踩着烧热的铁走来的时候
我在路上遇到父亲背着麦子
吃力，却快乐着
遇到搓麦的妈妈忘了升起炊烟
一个婴儿的哭声穿过整个村庄的墙
所有的女人带着晃动的乳房给他当娘

我遇到祖父在朝霞里割麦好好的
晚霞来临累倒在田埂上
他的血在骨头上开完了花朵
他躺在棺材里被抬上山的时候
身边还放着跟自己肤色一样黄的麦粒
一茬麦子无声地走了
收割就是这样简单干净
让人留在故乡，一边收割爱的光芒
一边被爱的光芒收割
给我们带来欢乐的收割
总是比带给我们苦难的泪水更有魅力
更值得镰刀伸出火苗的舌尖
触碰温暖人类记忆的地方

再说收割

像恋人总喜欢提起爱情
在光芒的照耀中我想和你谈论收割
收割是对大地最大的尊重
看啊，大地金黄，被热情唤醒的人
把一个金黄的季节揽进怀里
用热情传递热情
每一滴汗水都在挥洒至高无上的荣耀

还有什么比麦子更金贵
还有什么比收割更美好
生活的必经之路
爱必从这儿经过
不管收割有多劳顿
收割人钉子一样有深度的足迹
都会把自己钉进这个迷人的季节
沐浴泥土和阳光的芬芳

用一辈子的时间谈一场恋爱
用一辈子的时间爱上炙烤我们的收割
上帝看在我们真诚的分上
宽恕了我们的过错
接纳了我们的真诚、勤劳和善良
让照亮我们的收割，走在通向黎明和成熟的路上
为我们搬运着火车都搬不完的快乐和富足
所以感动我们内心的收割
总是在风的语言里掀起河水的波澜
劳动的巨大热情总是比带给我们苦难的泪水更有魅力
更值得镰刀伸出火苗的舌尖
触碰温暖人类记忆的摇篮

跟着一把镰刀去旅行

跟着一把镰刀去旅行
就是跟着镰刀去看收割
大地的收割者到处都是
我就爱看邻居家割麦的二姐
顺便还能看到她背后的辫子

她的辫子像草绳
如果人是一只小羊
有幸被牵过去
草原肯定是属于一个人的

她的辫子像河流
如果人是一条小鱼
突然撞进去
大海顷刻就会小到一个人心里去

她的辫子比我看到的麦穗更可爱
如果被一只鸟觅去
天空可能会更蓝
飞翔肯定比我想的还要高

跟着一把镰刀去旅行
月牙的银辉最熟悉道路
从一个地方到另一个地方
其实就是站在原地
守着跟随我们一生的收割
看日出日落

草尖

风在草尖上吹
爱开始向一个人心里下沉
这是我亲吻过的大地
这是小草第几次伸出舌尖
挑着露珠寻找我

故乡值得我们收割的东西太多
风在草尖上吹
风想吹开一条缝钻进去
抱着自己的故乡
看一朵花在草的舌尖上点火
风不想把它吹灭
风想把它吹到更远的地方
让更多的人触摸完它骨头的硬度
再触摸它棉花一样柔软的内心

朝霞和火苗在露水里泡过
故乡多么干净
我想伸出舌尖迎合它
把它们摘下来放进眼睛里
放到血里煮
煮成泪痕的溪流
我就在河边守着娘
从她苍老的皱纹里走过
如果我在草地上割草时不小心弄破了手
我会把血滴到草尖上
端着故乡的灯
被风吹得越来越红

沿着故乡的小路收麦子

沿着故乡的小路去收割
就是沿着故乡的小路上战场
给战后出生的婴儿储备更多的粮食
让小路永远有一种虫鸣的芬芳
在风里漫延停不下来

沿着故乡的小路
我看见朝霞和晚霞
在野花的腮畔上一直红着
它们是不是收割人滴在上面的血
我知道它们红得比火更温暖

这是思想的领地
这是电和足迹共同走过的道路
我看见收割人头颅饱满着河水
比刀刃更加闪亮
这一片一片，金黄的麦子
以前被父亲背过，被母亲抱过
它们是一滴汗一滴汗种出的另一些星星
照亮天堂和人间
一个寻找语言本身故乡的写作者
要在这里度过自己的白昼和夜晚

谷禾

我想做最黄的一棵谷禾
为你长出好看的谷穗
如果有人叫了这个名字
我就给自己起名叫收割
如果谷穗是长在一个女人头上的辫子
我就用收割把它带走

如果谷穗是一条小河
我就把美人鱼放在水里养着
替我喜欢上流动的阳光和大地
直到被养大

如果它不主动见我
如果雨水再晚来一些
我就在河边等
等下河洗衣裳的女子
低着头给我看她怀里羞涩的大地
我给她看内心上升的火苗

请把我打成一把刀

请把我放在石头上，滴一滴水
浸泡我略显干燥的皮肤
请把我的骨头打成一把刀
我要做一个御赐的带刀护卫
把白昼和夜晚切开
让养活过我们的麦子
在宽阔的收割路上
一步一步晃动我贴在大地上的影子

我要刺瞎黑夜的眼睛
让天上的星星，一颗漏到祖父眼里
一颗漏到祖母眼里
他们快要失明了
我想将黑夜的头砍下来
取一滴血放在他们走过的路上
染红善良的花朵开出来给我看

时光啊，请把我打成一把刀
我要一次次走向麦地
和自己喜欢的麦子亲密相处
把我未被多数人认知的刀刃
放到一束麦穗的头上
挽上月亮一样皎洁的光
让端碗喝粥的人领悟它真实的用意

磨刀石

如果我有一块磨刀石
我会让疲倦的妈妈站在身边
朝磨刀石上洒一些水
让镰刀捍卫的收割
在善良的路上走得更远

如果我有一块磨刀石
我会磨去一块铁锈蚀的部分
让沉默中不屈的骨头
穿上闪电的衣裳
在有月亮的晚上
照亮更多人在这里生活
和我一样喜欢上善良的麦子
喜欢上这里的繁忙和安静

我们捍卫和守护的收割
是大地上不断消失
不断崛起的生命
把黄袍加身的麦子请回来
一垄垄麦子，一茬茬人类
在光滑的磨刀石上生生不息
我在一块石头的沉默寡言里
听到和看到让我敬仰和崇拜的大地
足以让一尘不染的内心
建造一座值得供奉的庙宇

家乡的花生饼

今年花生种植比往年多
花生喝了种田人的汗水
就像婴儿喝了母亲的乳汁一样
花生在爱的哺育下长足身子
每一粒都佩戴朝霞，一脸幸福的表情
看上去更加英俊和自豪

让更多的人知道花生是怎样种出来的
加工月亮的作坊使乡村夜晚更明净
挤出身体里最贵重的东西
一轮轮穿过时间隧道的明月
我已辨认不出它们原来的容貌
辨认不出它们的性别和年龄
只记得它们在种田人心里
像山河完整，从没破碎过

我们的平原和山区面临一场脱胎换骨的重生
超乎残酷，却是如此沉默和平静
晚上跟着一盏灯住进乡下的老屋
黑暗处花生饼呈现出旱田的干燥
像祖父遗留下的照片
生前历经怎样的悲欢
只有我知道
爱如何被蒸煮和挤压
才会有那么多好时光，沿着河水朝我们奔跑
看我们在炊烟里，如何忘掉过去
活成花朵的样子，匹配新生活

开着拖拉机穿行在人民的公路上

村后是一条新修的公路
往东通向另一个村镇
往北通向另一个县区
秋天，我开着拖拉机去收红薯
途中要经过一座新兴的石子厂
再往北是一座水库
我们的红薯地在水库周围
它们在波光中生长
像抱着酒壶在秋风中喝醉的红鲤鱼
集体跌落在朝霞里

下午，我开着拖拉机原路返回
满载丰收的拖拉机
穿行在人民的公路上
它走得不快
仿佛在体验幸福带来的沉重感

红薯们身上升起红色火苗
让好时光沿着公路奔跑
让吉祥降临到这个国家的人民身上
让照耀继续照耀
在朝霞里泡过的红薯
走在人民的公路上
多像一支扛着红旗
为人民谋幸福的军队

可收获的东西太多
未来得及运输的幸福太多
我就这样坐在拖拉机上
呼吸着风为我送来的芳香
让时光沿着两道彩虹的足迹
更慢地穿行在人民的公路上

血滴在地上

早些年割草喂牛
我左手握草右手握刀
它们是我的好兄弟
多少年一直陪着我
丢下谁都舍不得

有一次我的右手割了自己的左手
两只手都不好意思
都没说什么
血滴在地上
滴在草上
变成蚂蚁藏起来
后来都成了花朵

血是我身体里滴下的另一个我
长久以来，我看到红
就会想起血
就会认为自己又回到春天

割草

割草在山坡，割草在河边
割是走在春天的路上
留下刀刃的足迹
用一只脚惊跑草丛里的蛇
紧接着用另一只脚安慰一棵受惊吓的草
用刀刃上的闪电照亮它们
把一棵颤抖的草最大限度地恢复到平静
让露水和草色遮住我们时隐时现的孤单和寂寞
遮住草叶和刀片无意间在我们身上留下的划痕
让春天带着花朵奔走在我们的路上
一天天高兴起来

割是耐着性子慢慢品尝春天的味道
忘掉苦水对我们的浸泡
割一把草，再割一把草
把好时光集合到一起
让人惊讶地发现
和草在一起或许我们都不会老

旧镰刀

因为收割已远
镰刀旧了

漫长的路何时才能结束冷清的日子
何时才能磨掉锈蚀的部分
在昏睡中被一声嘹亮的鸡啼唤醒
重新焕发仁者的光泽

在一个有月亮的晚上
在一粒萤火的引导下
沿着鞋子扔掉的脚印
回到兄弟的麦田
将那一茬茬时光
带回一尊佛像守护已久的村庄

日子总要过旧
祖父和祖母，老父和老娘
握过的旧镰刀
照亮了种植和收割
是农业文明最富有亮度的月牙
那些藏在心灵深处的种植和收割
比宽敞的河水更清澈
生活在这里
你不得不经常触摸那些有温度的记忆

眺望一块稻田

大地饱满的乳房
像一块具有弹性的海绵
我在远处眺望
多想加入水稻的行列
跟它们做兄弟，一起游过秋天
如果有一棵长得像丫丫
我会一直留在它身边
如果风把它吹倒了
我就让它倒在我身上
如果它的辫子掠过我的脸庞
我会主动伸出舌尖
在它芬芳的身体上留下吻印
甚至留下轻微的牙印，向你低低诉说
我在阳光下的收割多么热烈

秋天，稻田里的水被稻子喝光
劳动的丫丫是我看到最美的美人鱼
风掀开她们的衣襟
我看见遗落在她们肤色上的一小块米白
比雪还干净
如果它们不飘散
我会一直在稻田里发呆
陷进稻田里的鞋子
它一直等待的收割路
不知会不会在有月亮的晚上
被一声虫鸣指认出来

蟋蟀

入秋，蟋蟀们隐入草丛唱个不停
当我走近
它跳到另一片叶子上
我再走近
它接连跳了几下
继续唱

这个世界，草卑微
蟋蟀卑微
唱最美的歌
庆祝这个收获的季节
卑微的生命使秋天变得更庞大

蟋蟀和草生活在底层
草是蟋蟀的知音
蟋蟀在底层的歌唱
是一种强大的生命表达
蟋蟀不想看到草难过
最清楚草想听到和看到什么

听见割稻声

镰刀和大地亲切交谈的声音
有无限想象的空间
我想象它是河水撞到石头上折回来
我想象它是鸟鸣撞到树叶上弹起来
我想象它是埋在六月的蛙鸣
在一个人身体里关闭了一段时间
重新开启，让所有害渴的舌尖
在归家的途中，长久注视和抚摸
像松开了翅膀的小鸟
在老家的草垛上寻找到果腹的粮食
我看到那叫米的女子
带着一片白色云朵
从黑暗中跑出来
在我面前把头埋得更低

晚秋

秋日的黄昏
河滩上开着几朵离群索居的小黄花
它们的芬芳和甜蜜
蜜蜂和蝴蝶早已触摸过
风一直愿在它们身边吹

在离河岸不远的玉米地
几个年老的妈妈正在掰玉米
在汗水和盐的家乡
她们是开得最美的黄花
她们享受着最快乐的劳动时光
把最好看的身影影印在大地上
大地因此显得更辽阔

一滴即将褪色的血
把晚霞染得更红了
不忍离去的夕阳
把黄染得更黄
因此我们看到的生命的最后绽放
是天空和大地的全部
需要一生的时间去仰望和阅读

我们的花生

大地深处
那些有身孕的花生面孔慈祥
那些婴儿身裹朝霞，浑身散发乳香
这是我们的花生
这么多年，它的一颗悲悯之心
越来越像一盏精神饱满的灯
端坐在秋天的眼眶

我喜欢在故乡松软的泥土里种花生
它更引人注目的不是它的哀伤和惆怅
是沉默让它变得更善良
多少年，它心存善念
一直陪伴在故乡
一棵棵低矮的花生秧
看起来没有树高大
每一粒花生都把它当成心中的大树

一粒粒花生是怎样种出来的
我们往往视而不见
它们内心隐藏着巨大的孤独
至死也不愿向我们讲述
在黑暗处表达自己对美好生活的热爱
它的善良，可以容忍一根鞭子
在身上抽出一道闪电
照亮季节的繁荣和昌盛
秋天，干枯的花生秧
成了牛羊放置舌尖的地方
触摸着一颗颗升起火苗的乡土
爱也是我每天愿意经过的地方

秋天啊秋天

剪一块红色的盖头
把山区女子的腮畔染成喝醉酒的样子
我看见迷人的故乡
为我建起灯火辉煌的宫殿

宫殿里的王后唱起丰收的歌谣
秋天啊秋天，属于人民的果实
在这个季节被风吹红的时候
我的手指在秋天的怀里乱摸
不觉得这是一个多事之秋
反而让我觉得，幸福有时
来自无法言说的疼痛

一堆粮食的顶端，高过灯盏
它们在汗水里长大
因此粮食的芬芳会一直在风里飘
甚至在河水里流向远方
先是被鱼呼吸，接着被牛羊舔舐

我在河边行走，掉进更深的秋色
一盏灯在和我交谈时表现出出奇的平静
那些收留过我们笑容和泪水的花朵
像飘扬的旗帜，翻滚着炽热的波浪
在奔跑中引燃了天边的朝霞和晚霞
我们未经上帝允许，已成载誉归来的王者

收割其实就是握着风给大地梳头

大地的头发长得太快了
它被时间催着
回到太阳下一个古老的家园
准备和我们相见

那个遥远的小村庄
有河水澄澈而过
河边有母亲大人和洁白的羊群
小羊用舌尖舔了她的手
风吹黄了一个迷人的季节
喜鹊，羊群和用酒泡过的民谣
围着月亮飘荡，一直绚烂
从没干涸过

麦子长出俊美的头发
挽着阳光，藏在镜子里
它看见了我，也看见了你
它无数次打动我
让我不敢毁约
它高高在上，仰着收割的脸庞
其实我们都被它暗恋过

收割归来

家乡的傍晚，月光清澈
风不紧不慢地吹
把咸涩的日子吹走
把芬芳的东西留下
收割，比采金更贵重的事业
让我看见贫穷和饥饿的人纷纷倒地
劳动的光芒，正从人类的前额
星辰般向宽广的地方弥漫

风从田野上走过
时光像酒一样醉人
用收割带走收获
收割路上，脚印穿着两只云朵的鞋子
一只叫大地，一只又叫天空
汗水点缀着月光下的花朵
触摸这块多情的乡土
一只蝴蝶，伸出嘴唇亲了一下
我也醉在其中

收割点亮灯盏
收割照亮世界
故乡，被阳光缝合好的伤疤
偶尔有泪滴到花朵上
风一吹就干
皱纹里的小河，荡起甜蜜的波纹
好像故乡从未真正痛苦过

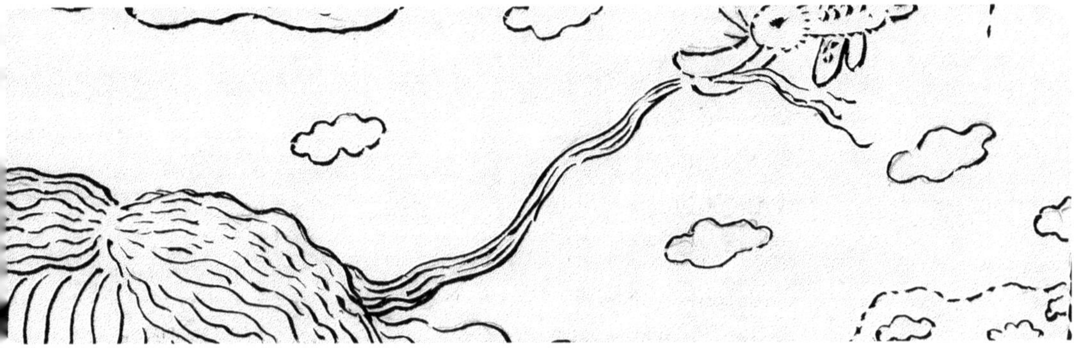

第12辑

一根草绳是牛佩戴过的项链

有一些消失和未消失的足迹是牛留下来的

从地这头到地那头
像村委的人丈量土地
每一寸土地
牛都要走过
每一只足掌
像盖在合同上的印章
这是牛和土地签下的君子协定
按照契约，土地要长五谷和百草
牛要吃草拉犁
任何一方都不可违约

牛老了，拉不动犁了
好像一点力气都没有
好像早就知道闻到屠宰场的血腥了
牛在路上走得很慢
可能是不忍心与我们分离
眼角总有泪水溢出

最后，牛走过的足迹
也将消失得看不见
这是牛共同的命运
就像一盏灯死的时候
什么话都没说
它走过的收割路
启明了那么多闪亮的星星
路又活了

一头牛即将告别村庄

傍晚，月光流进牛槽的时候
我想该给牛喂草了
把一头牛喂好
牛就会有力气走路
就会兴奋
带动一个地区的农业蓬勃发展
让人不再有更多的担心

这是爹刚从山上背回来的草
这些草年龄尚小
像刚从溪水里捞出来一样
里面夹杂着好看的花朵
我想牛一定喜欢

牛无精打采地卧着
好像生病了
它用沉默拒绝了我的好意
几次挣扎着想站起来
已没有力气
它眼睛半睁半闭
眼角的泪痕像露水停在草尖上
弥留之际久久不愿离去

草是牛的粮食

春天，草绿了
一头牛在咀嚼光阴

黄昏
一把镰刀在暮色里收割
牛把舌尖放在草的舌尖上
爱更亲密了

草是牛的粮食
牛沉浸在无限依恋里
觉得这世界哪怕只有一口草
那也是幸福的一口
在牛看来
对一棵草的接近
不是饿才喜欢
是因为爱才觉得更饿

牛在大地上走得更慢

牛这样活着
在熟悉的地方
不慌不忙，跟着季节
找自己喜欢的草吃
牛不打算走得太远
也不打算走得太快
牛认为最好的草
走快了会错过它
走远了会丢掉它

当火车从它身边跑过
它必须慢下来
用蹄印把自己牢牢钉在大地上
用一生的时间
让这片草陪着自己慢慢变老

一根草绳是牛佩戴过的项链

草地太大了，总得有一根绳子牵着牛去找草
一个地方吃完了，牵到另一个地方
让牛结识更多的草
一头牛被一根草绳拴着
草有了更大的利用价值

草绳上的草和大地上的草
是同根生的兄弟，牛都喜欢
在一根绳子拴紧的爱中
每日咀嚼大地和水的歌谣
牛认为草绳是故乡给自己佩戴的项链
一辈子做牛，拉车或拉犁
才对得起故乡

从村庄出来，再从原路返回
走惯的小路也是一根绳子
小时候我被它牵着，和牛走着相同的路
在我心里，它跟牛脖子上的绳子一样
一直是我珍藏的项链
它勒进我的肉里，一牵我就动

村庄又诞生了一头牛

落日沉向大地，星星点起灯盏
这是一个母亲和婴儿的夜晚
生育的母牛酷似一只浩大的船
要把它的孩子，未来的继承人
带到围里村铺满月色的草地

花朵在血中绽放
牛妈妈低垂的乳房盛满季节的雨水
小牛一拱一拱
仿佛要把地球拱破
唤醒被人忘记很久的事情

这是吉祥的大地
宽广的农业
从此要在一头小牛的世界
经久不息地延续下去
小牛要在牛妈妈身边先学会走路
再学会吸食母乳
接着学会吃草，学会耕种
还要学会忍受鞭子的惊吓，蚊虫的叮咬
有尊严地活着

舔槽

一块长方形的石头
被父亲带回家制成牛槽
它盛过各种各样的草
成了牛喜欢的饭碗

老一辈牛用过的饭碗
如今还在被牛继续使用
牛吃饱了也不会冷落它
每天用舌尖反复触摸
跟草抱着露珠一样高兴

牛槽被牛舔得越来越光滑
像一块被擦过的玻璃
一种尖锐的东西被岁月所遮蔽
牛喜欢在坚硬的石头上
遇到芬芳弥漫的故乡
每天都是洁净的

春天诞生的草是洁净的
风是洁净的
空气是洁净的
夜晚的星星和月光是洁净的
洁净善良的故乡
雷同伟大的乳房
爱也是我每天愿意用舌尖触摸的地方

一头牛休息的时候不愿被吵醒

一头牛休息的时候不想别的
更多的时候是在家乡的牛棚
嚼自己喜欢的草，喝自己喜欢喝的水
它耕作的太久已累了
没有心思给自己找不自在

牛吃草的时候把舌尖放在草尖上
它不担心被草拒绝
草们故意躲躲闪闪装样子
多少年，它们和牛的关系
是恋人关系
牛把一把镰刀贴近春天
爱被爱割走
牛也算是最痴迷的收割者

在它眼里土地最辽阔
草是最好的粮食
露水是最干净的星星
用蹄印丈量自己走过的路
让人民的粮食在风的吹拂下
散发无穷的芬芳
一头有血性的牛
骨头里肯定会有比山更厚重的东西
让人眺望时想到什么

孤独的放牛人

放牛人牵着牛
牛也牵着放牛人
放牛人和牛走一条相同的路
各有不一样的春天

牛视草为知己
在一棵最好的草面前
牛不想把舌尖藏得太久
把想说的话小声说出来
牛把舌尖放在确认好的位置
低着头，将草一棵一棵割下来
这是牛一生当中最喜欢做的事情
牛专心吃草
从没想过逃离和放弃

牛在草地上吃草很开心
可放牛人的春天还没到来
放牛人瞪着眼看牛欢快地吃草
有时也闭着眼想
如果自己是一头牛
枯萎和凋谢更慢地包围
必有一棵草抱紧女大十八变的春天
在浸泡过朝霞的伤口上
更慢绽放，不断排解内心的孤独和荒凉

舔犊

天暗下来，牛棚里升起篝火
牛妈妈低垂的乳房
盛满月光如水的歌谣
仿佛提着水桶的妇女
来到干旱的菜园
让我们天亮醒来带走祝福

火光中，小牛在牛妈妈慈祥的目光里学走路
仿佛来到一个幸福的国度
牛妈妈伸出舌尖
爱着走遍小牛的身体
舔一遍再舔一遍
像耐不住寂寞的收割
重新回到开始的地方

迎接新的居民落户村庄
用伟大的爱培养出农业的继承人
舌尖舔过的地方
阳光是新的
禾苗的气息是新的
像刷了一层油漆
再也找不到任何一个角落
安放我们的悲伤

母牛领着小牛走过田野

田野上，一头母牛用头亲热地拱着小牛
用舌尖舔它嫩草般的皮毛
多像小时候，娘牵着我的手走在田埂上

母牛领着小牛走过田野
草在变小
塞满草汁的乳房
低垂着另一块大地
仿佛要倒出所有的水
让小牛认识一个大海

这个大海你也有
你不知它有多大
是你不知道爱有多辽阔
领你的那个人一直在负重
你走出她的视线
看不到一个母亲的快乐
更看不到一个母亲的苦难

爱太伟大
填满草汁的乳房
喂大了我们
我们越来越像小牛
不知道大海有多大
却知道在每一棵草上都能遇到露珠
遇到爱我的春天

怀念一头牛

一头牛的重量
肯定是草长出来的
我怀念一头牛的时候
它就是我眼前的山岭
它的皮毛像草地一样生生不息
它苍老的脚步
紧贴着大地的胸口
刻下触目惊心的信仰
闭上眼我也能看见
它裸露在尘世的锋芒

一头牛，一生热爱吃草
像露珠抱紧花朵
它也要抱紧这片土地
站成一座山
让日月来到山顶
照亮我们伟大的收割

一头牛什么时候离开我们的
我不知道
只知道种植和收割
还在它走过的路上继续
我怀念它，是要规劝更多的人
在我的诗歌里停下来
任泪水夺眶而出
扑向一头牛眷恋着的故乡

请不要乱弹

母牛用舌尖拨弄草尖
它们很早就会弹奏大地
它们弹得很慢
一辈子都没走出草地

请不要乱弹
它们听惯了虫鸣，听惯了风雨
听惯了祖父拐杖捣地
和祖母受了风寒的咳嗽
甚至听惯了鞭子掠过头顶的吆喝

干了一天的活
牛需要安静下来好好休息
嚼一口干燥的草
把一天或一夜嚼完
它们只想听丰收的锣鼓
满怀喜悦的欢叫
在月光下抚平了白天的疲倦
让一根一根牛毛
站成春风吹又生的草
稍稍抬起严肃又亲切的端庄和尊严
看我们在草身边
如何讲述一头牛崇拜已久的收割

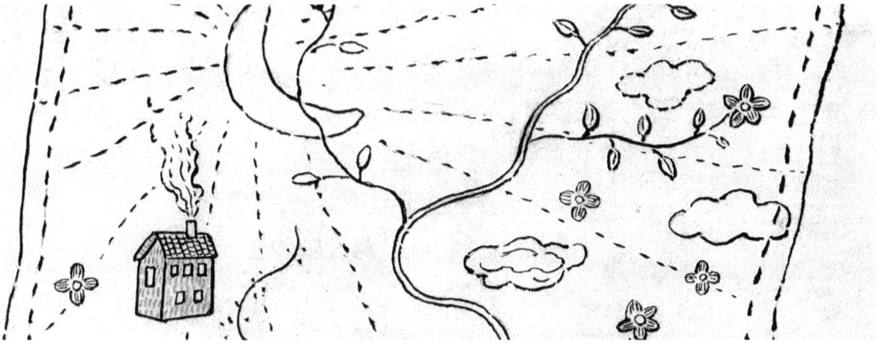

第13辑

河流是大地母亲的血管，
养育我们的乳汁也流经那儿

想念一条河

许多年前我在河边放羊
天空丢了云朵在水里
小羊丢了白色的衣裳在水里
祖父背着麦子过河丢了弓箭在水里
祖母在河边割草丢了月牙在水里

秋天，河岸已开始枯黄
祖母已开始苍老
在她的额头上
每一道皱纹都起伏着河水的波浪
不走近了你看不清
善良的花朵开在哪一棵草上

面对生活与命运，沧桑与哀伤
一条河流淌完了
那些蛰伏在思想深处的石头
纷纷露出骨头的沉默
依旧坚不可摧

河岸，有人流完了血被埋入黄土
一条河说离开也没离开
一个个无语的黄土堆
像水位继续上升
成了庄严的高山
我想看清一座山的面部表情
富有磁性的乡土已被暮色轻轻遮住

没有什么可以使我放下对一条河流的怀念
它的慈悲和宽容
仿佛神秘莫测的庙宇
沿着乡愁一路前行
疼痛，仅仅只是一次经过
剥开石头上的夜色
骨头里的雷声才是我想听到的涛声
一滴水滴出的黎明才是我真正想带走的

一条河一直流到今天

源头就是子宫
一条河一直流到今天
它在阐述，奔流就是在苦难的途中
朝有太阳的地方奔跑
在有花朵的地方好好活着

一条河一直流到今天
必有灯盏揣着黎明和日出
必有一些东西跌落或跃出
亮出刀子尊严割断什么
在未来某一个日子
达到我们所能想象的亮度

每一滴水都可以是我们的大海
每一滴水都可以是诞生我们的村庄
每一滴水都可以是养育我们的乳汁
甚至可以是一滴泪
你必须安静于自己的内心
承认错误，取得河水的谅解

一条河流到今天必有用意
它不抛弃我们
把全部的水都倾注到我们身上
如果草丛中有一些花朵不嫌我穷
执意开出来，苦难中的绽放
给我带来前所未有的安慰
那无比澄澈的部分，仿佛告诉我
这世界没有什么不是我的
过去和未来，都在水的流失中消失和诞生

一条河流的旅程

大海的辽阔是一滴滴水走出来的
一条河流的旅程，是一滴水又一滴水
走过的长征路
和人间那条血染的彩虹
可以做姐妹

一条河要走多远的路才能把全部的血
一滴一滴带到大海
一个满脸尘埃的老女人
捧着一只比黑夜还黑的水罐
要打多少水才能捧回一小罐春天

爱的哺育来自更深的苦难
那些养大我们的母亲们
没白没黑，每天往返河边
每一次行走都用尽了力气
那些爱过我们的水
和那些我们爱过的水
用血为我们铺了一条彩虹路
她们在途中跌落墓地
一朵黄色波浪的旅程
用永不枯萎的时间讲述着人类的尊严和神圣
那些高过所有山头的水位
你不仰望不知山有多高
不奔跑不知路有多长

清澈的河水弄湿月光的丝绸

傍晚，一个人在河边
我看见清澈的河水弄湿月光的丝绸
月光下，妈妈收完麦子
衣服上沾满尘土和野花的芬芳
一身劳动的光芒
洗不洗都跟河水一样干净

在河边，我一直在替一条鱼说人间的公道
让更多的人回到母乳
我一直在替一只羊说人间的善良
让更多的人回到草地
和花朵赤诚相见

我一直在替水罐说农业的丰满
我一直在替河流说人间的浇灌
清澈的河水弄湿月光的丝绸
我看见故乡更美
在这美好的地方，一个人像一只蚂蚁
静静地生活在草丛
太阳晚来，雨水晚来
有没有风都无所谓
只要水不抛弃我
我愿一辈子藏在这里
向我深爱的河水致敬

小河结冰了

昨天夜里，小河结了一层冰
我丢了一块石头
冰没有碎
石头滑出很远
发出好听的声音

水被冻住了
水冷不冷
小鱼冷不冷
我想撞进去
故乡会不会在镜子里认出我
说出我的小名
小鱼会不会隔着玻璃
向穿红袄、扎红头绳的二丫打招呼
把她们约出来

阳光一定会把玻璃踩破
让沿河两边的树披着树叶
在风里朝我们奔跑
因为在河边抽水灌溉的人
心里盛满了火苗
春天的体温一直就在渴望里流淌

祖母河

一个老女人逢人便说，河里有宝物
这个老女人是我祖母，年轻时
她在大户人家给大小姐当使唤丫头
传说一天晚上，她在后花园得一宝物
欣喜之后终不敢示众，遂弃宝于河水
一条河流的苦难藏着迷一般的漫长等待
不知何时见天日

后来人民当家做主，分得田亩和粮食
关于宝物的说辞，多年来
祖母一直在秘密打捞
她赶着农会分给她的羊，整天出入河边
她穿着鲜红的肚兜，像火苗一样的朝霞
在水里一起一伏，引发了整个村庄的男人睡不着觉
零乱的脚印，试图在河边寻找接近她的最佳位置
踩倒一片刚要抬头的春天

一个四十多岁的砍柴男人，从上游潜入
两条寂寞中相爱的鱼
在谷子上黄的时辰进了一家门
他们在河边割草喂羊，担水浇园
生儿育女，传宗接代
岁月的咒语挤破了年轮，磨损了他们漫长的一生
祖母河孕育多年的宝物，藏在更深的心灵
隶属苦难和善良，今天活着的人又能知道多少

过了许多年，他们融入黄土
他们必须这样，让这尤物在身边沉静安睡
让活着的人一个个陷进迷局
在光中镀亮自己
时隔多年，祖母河边的坟地又开花了
一个放羊女孩，在河边烂泥寻到一宝物
被命名常林钻石

一条河流的岸是向我敞开的两扇门

一条河流的岸是向我敞开的两扇门
我的水在里面是一个母亲挤不完的乳汁
它一路弯曲着，庄稼、小草和我们
都依靠这水为生

一条河流的岸是向我敞开的两扇门
左边是她大女儿，右边是她小女儿
她把大女儿许给了石匠
把小女儿许给了木匠
石匠用血给它们打造太阳的金冠
木匠用心给它们做成月亮的耳环

一条河流的岸是向我敞开的两扇门
有一朵带露水的小花长着天仙的容貌
我在水里看见新娘子的盖头
奔跑着枣红色的马
给我们驮来爱，以无比炙烤人心的烈焰
让我们在一天早晨，在朝霞掠过水面的时候
恢复对劳作的兴趣

我看见光滑的水珠，抱着麦穗的乳房
在阳光的叙述中安顿下来
炊烟起伏时，我闻到鱼身上的芬芳
像在我的舌尖上凌乱地撒下一些切碎的香椿
我没有办法不把自己变成万物的种子
沉入故乡的怀抱，在泥土里发芽
在胭脂的光芒里给你看最好的模样

在河边观潮

傍晚，一条河携带星星朝我不停眨动
我看见一座山在一个驼背老人的身上
向下滑了一下，接着又向上挺了一下
我听到河水跌落，听到一声咳嗽或叹息
让山颤抖了一下

藏着老虎的山，藏着上山的路
驼背人背着山上山，背着山下山
藏在他年轮里的老虎
留下一路有刀刃的足迹
比闪更明亮

暮色中，他来到河边的羊圈
给羊喂了一些草，又给羊舀了一些水
看见云彩在水里铺下床单
他心如潮涌

半月前，陪伴他的另一座山
在河边淘米摔成了植物人
成了不会说话的山
让他天天有话想对山说
比如明天是先去西北岭割谷子
还是去西山前掰玉米
有声的话和无声的回答
让我低头看到的故乡
抬头时成了我供奉的天庭

今夜月光在水上流淌

今夜月光在水上流淌
一个提水罐的老妇人来到菜园地
蔬菜们喝了水就像婴儿喝到了母乳
它们称水为母亲
却不知道水来得有多艰难

今夜月光在水上流淌
今夜月亮的乳房
让沐浴的女人变得神秘而羞涩
一个疲倦的牧羊人来到河边
发现月亮的脸庞
在一个村庄清澈的心田
散发着劳动的气息
比任何时候都明亮

今夜河水在我心上流淌
沿河两边的树都是我想见的亲人
河水中，我的亲人睡在月亮的怀里
我喜欢的春桃被它们围在中间
在围里村的一间西屋里
一条河流的眼睛隔着门缝找到我
我还没来得及下水
水已拥抱了我的生活
原谅了我的许多过错
让我在水边改过自新
一边分享旷野和村庄带给我的幽静
一边分享爱带给我隐约的苦涩

喜欢上一条河

河里的水是做成女人的原材料
这么多年，我一直在秘密造我所爱
我用水做成二丫、细桃、篮子和杏[1]
我把她们放在同一条河里
她们在河里红着脸看我
成了我最喜欢的美人鱼

一条河使我的渴望获得满足
我喜欢它
它是我的情人
这些干净的水闯入我的眼睛和内心
分别被我的手和嘴唇占领
它们是那么清澈和迷人

来到河边，我遇到砍柴的祖父在河边喝水
他身体里有一个干净的年轮
一直是太阳和月亮喜欢的镜子
我遇到放羊的祖母坐在云彩上唱歌
她有一颗菩萨的心也是河流给的

我用喜欢定义一条河
是因为它一直用爱定义我
一天傍晚，我看见月亮掉到水里
站在岸上的树去拉时也被带到水下
于是我隔几日来一趟河边
看羞涩的水，挑着舌尖
一直把我往月亮怀里拉

---

① 二丫、细桃、篮子和杏均是民间女子的乳名。

河床

今年在河床上睡觉的草少了
睡在河床上的花朵更不多见
旱季的包围使这个地区的人焦虑不安
仿佛上帝派来的刀斧手要把这里监禁起来
刀斧手在石头上睡着的时候
一支押运粮草的蚂蚁大军
正押着一只死去的苍蝇和一条蚂蚱的大腿
从这儿秘密经过
它们在为爱和生存而战

河的色彩，总是通过河床上
晃动的草和花朵来证实
有时一只羊的到来也能给它增加亮点
现在一张床的梦正在解体
小草、露水、蝴蝶、花朵、昆虫
以及羊群和草丛里的蛇
正纷纷逃离
一个丧失色彩和没有安全感的地方
使它们无法继续安静地生活

一只拴在树上的羊
不关心树和风的争吵有何讨论价值和意义
也不去想天气预报说的雨水是否会真的从天而降
甚至一只鸟的离去也没引起它的注意
它只担心河流的睡床
今晚有没有人铺上厚厚的月光
有没有人深夜归来和一朵花倾诉衷肠
太阳升起时有没有新生命在爱的哺育中诞生

有没有一棵大公无私的草
在天堂的入口和阳光打成一片
忘记昨天在风中颤抖，让幸福找不到
被风吹落的叶子写满多少人世的荒凉
仿佛只是告诉我们
一条河流的睡床睡着多少冬眠的梦想
就睡着多少开始的春天

北河

村子北面横着一条河
河里的水能看到底
跟镜子一样清澈
小时候，我多次在这里
袭击过一条鱼的安静
天黑了，月亮把河边的一块石头照白了
拄着拐杖打水的祖母，坐在石头上
一手掐腰，一手揉腿
嘴不停地喘着粗气
好像没力气从一块石头上挪下来

我想轰她走，那是
放羊女孩坐过的白石头
她坐在光滑的月色上，看着她的羊低下头
像伸出割草的小刀，划破了水
最小的一只羊喝完水，回来舔她的手
她放下鞭子，双手抱着它
我多么眼馋，眼馋自己不如一只羊

像横在嘴边的口琴
河水啊，请你吹出桃花朵朵
老祖母已经摇摇欲坠，善良
让她容颜苍老，给她佩戴一朵
让她在回家的路上，忘掉难容之事
剩下的都给放羊女孩吧
我要在河水里看她脸红
我不想翻看这条河流的苦难
也不想让这条河流的朝霞离开

河畔

河是有刀刃的
河把岸切成两半
刀刃下沉了许多
岸高出来

河是有长度的
生命中还有许多没被浇灌的东西
所以河在河的路上不能停
它要一一经过
把开始从一个地方带到另一个地方

它有两个远方
一个是只有起点的开始
一个是没有终点的梦想
在河畔，每天等待萌芽的小草有许多
跟我一样害渴的人也有许多
被风吹进水里的花朵
已经被我采摘过

在河畔，最早离开的成了尘
最后离开的成了种子
河边洗衣服的老妇人
一生都没离开这里
水的刀刃在她额头上划出许多皱纹
比河更辽阔

河在河的路上

为救活大地上的庄稼和牲畜
给那些快要干死的人带去活着的希望
那些走在路上的水
每一滴都是英勇善战的队员

生命离不开水的供养
河弯在肠胃里种彩虹
多远都默默地走

洗掉人类身上的罪或尘埃
有一些水继续走在路上
有一些水要离开我们
就像祖母流完了身体里的水
倒在地上，弹起一个黄褐色的波浪
好像要把一块铁砸碎
让经过的人打成战无不胜的兵器带走
又好像一张照片保留下让人辨认的头像
让人知道自己走到哪儿都是河水的孩子
都忘不了魂牵梦萦的乡愁

沿着河流的绳子荣归故里

把那些去了远方的羊牵回来
河流终日在搓绳子

我相信河流的绳子能把每一个离开的人牵回来
它绕在故乡的脖颈上，流着白昼和夜晚
那些在河边居住的人老了，每一道皱纹
都延伸着一根河流的绳子

我们的疼痛在这里，我们的快乐在这里
我们的光荣，我们的信仰都在这里
沿着河流的绳子荣归故里
如果有一根绳子勒进我的血里
途中遇到花朵藏在露水里看我
我愿意一直被它牵着
生死相伴，朝夕相处

如果河岸冒出一片墓地
我尊称它们是比山更高的山
我愿匍匐在地，以一只羊的身份伸出舌尖
在一根绳子上搬动分散在露水里的故乡
一滴安放在右眼，一滴安放在左眼
静静流淌日月的光芒

一条河在我眼前奔跑

一条河在我眼前奔跑必有用意
必有一千条理由
一条河流经多年，关于它的传说有多种版本
其中一种说这个地区大旱，草和树大面积枯萎
没有飞鸟，听不到虫鸣
隔几天就有善良人家的婴儿夭折
被丢弃荒凉的树林
七仙女眷顾民间，用眼泪流出一条河
一些水给婴儿当奶水，另一些给女人当镜子

少年之时，我在这河里洗澡
曾被水兽咬过难以言说的命根
祖母为保护我的命根延续烟火
召集人马敲锣打鼓，敲碎了所有的水罐
一过路老女人对祖父说
牵一头黑驴使其大叫三声

这么好的水为什么会有水兽
为什么偏偏是一头驴的三声喝叫才能降服
带着对一条河流的猜想我生活到今天
一条河沿着苍老的皱纹流自己的血
我身边的人是我见过最干净的水
水陪着村庄慢慢变老，当一朵浪花枯萎
我看到跌落的水把大地砸了一个坑
涌起时冒出一片耸立的群山
沉默不语的石头，像照片上熟悉的亲人头像
一只蜗牛的出现，识破我的内心
让我在河边成了走路最慢的一个人
一辈子都没走出河流的掌心

走在故乡的河沿上

小时候，我经常在河边玩
有一次我从河沿掉下去
草垛、树林、屋顶和炊烟
都被打碎了
藏在水里的故乡
分散藏入我的身体
它被珍藏时是那么小

鞋子是脚的摇篮
脚印是脚的照片
一条河养大了我
它在时间的皱纹里苍老了故乡
我在脚印里种下许多个我
我在草丛里藏着
每一个我都被水一直养到今天
我身体里每一块骨头，每一滴血
都与河水保持着亲密关系
都散发着河水芬芳的气息

时光如水
一条河的衣裳穿旧了
河岸上的草褪色了
我在河边遇到淘米的老妇人
顶着云朵已经苍老
荒凉的山上
一些干净的草快要冻死了
我看见月亮从脚印里爬上山顶
照亮了幸存者

河水流来的时候

河水没流来的时候
风吹灭了草地
祖父和他的羊，在荒野忍受着旱季的折磨
拾麦的祖母嘴唇干裂
风的刀尖挑着烤红的肉
五月落满尘埃
没有鲜花开在故乡身上
歌谣止于枯萎和凋谢
我们活着，太像一块伤疤
除了时间，没有人知道一块伤疤的历史
藏匿着多少疼痛的记忆

河水流来的时候
我在娘肚子里
在另一条小河正被孕育成鱼
一个女人带着她的羊来到河边
一只羊抢走了我的花朵
我急于出世，试图翻墙而出
我的脚踢疼了河流的肠子
她捂着肚子，哎呀一声蹲在地上
我在她身体里什么都没看见
这河水的子宫，藏着鱼想要的大海
每一条鱼都领到属于自己的水
从没人给它们摊派苦难

河流的乳房真的太伟大了
那些在河边生活的女人给河水起了一个炊烟的名字
许多年前，我诞生在这里
这里的土地和海绵一样柔软
骨头和岩石一样坚硬
我爱它，一棵草和一棵树抱过的乳房
以前也这样抱过我

总有一些草长在山上

人喜欢爬山，草也喜欢
人和草太像了
总有一些草长在山上
为耸立的大山
一次又一次增光添彩

总有一些人要离开我们
回到墓地继续抬高大山
总有一些草离开我们
草是要做春天里的一棵好草
一棵好草就是不怕风吹雨打
不逃离，不放弃希望
死也要做一棵好草

总有一些草长在山上
山之所以为山
是因为有草撑着
有人活得像草
有人活得不如草
像草的人跟草一样死了
因为风不停地吹
草相信自己总有一天会被吹醒
在风的语言里，把人类的渴望的萌芽
一遍一遍讲给你听

在山上我很小

山很大，随便一个山旮旯
就容易把我藏住
在山上我很小
小得像一只蚂蚁
我把蚂蚁藏起来
自己去找自己

有时找到自己也很难
找到一只蚂蚁
看着不像自己
细看又像

为了找到真正的自己
我遇山就爬
渐渐地我的身体
在搬运途中
不知不觉有了一座山的隆起

祖先的栖息地

祖先的栖息地埋在山上
那是山中有山
山外的山离我们太远
我们走不到
只有这片群山离我们最近

过去他们在山上砍柴
今天他们都变成了青山
他们上山的时候两手空空
什么都没带
只带去一片安静

坟是山的缩小
山是坟的放大
在山上我们很小
在山下我们也小
山养大了我们
今生今世
我们只能做山的孩子
靠山吃山

干牛粪

这个冬天有一堆干牛粪
日子就好过多了
日子一好过，就会把不好的东西忘掉
让好日子在脸上走来走去

干牛粪是草变的
易干也易燃
用很小的火柴引燃
还可以变红
让人觉得太阳又回来了
春天又回来了

在它面前我是干净的
我喜欢它的真正原因不是因为冷
闻着牛粪的气息
我觉得生活在草地上
拥有一堆牛粪篝火
比拥有一块银元更富有

一座山太寂静了

山上有树
树下有草
草丛里有虫子
它们活得太像人了

一座山佩戴至美的花朵
那是因为祖父打柴在山中
用刀唤醒了闪，用血染红了睡眠中的春天
祖母放羊在山中
用鞭子抽醒了野花丛生的悬崖
从此一只善良的羊，认定山
就是乳房，就是泉水
就是尊敬和崇拜

一座山太寂静了
好像躺下的人没有死
只是休息了一会儿，在商讨什么
酝酿什么
远离一座山，你不知道山在想什么
多年来，我的亲人像一只蚂蚁
藏在隐蔽的位置
被我描述过的太阳在我眼里滚动时
照亮略带忧伤的花朵
它开得那么红
时间暴露了生命绽放的快乐
从没暴露半句疼痛

墓地是站在我们面前的另一座山

站成更高的山
故乡总有几座墓地在地面上隆起
生前，他们一直在田里站着
没完没了地忙个不停
他们在一块田里种下麦子
收完麦子种下玉米
如今他们只剩下骨头
在地下走着一条更长的路

山上花开了谢，谢了再开
草枯了再长
每一个人走完了阳间的路
都在土里有了新的开始

那些坟尖披着草
几乎接近了天空
江山之上，一扇未来得及关闭的窗户
看见我们和太阳一起上山，一起下山
仿佛早已认出我们是墓地的孩子

苇叶

小小苇叶
是我留在五月的舌尖
这苇叶走过春风，滴过细雨
更主要是收藏着妈妈的体温

有一年端午，我们兄妹围着妈妈
看她包粽子，妈妈用苇叶
做了一个小房子，给米住
那米赤裸裸坐在没有灰尘的苇席上
多像躺在摇篮里做梦的童年

那米，像六十年代的月亮
不算太明，也不太黑
妈妈把我们带到这里
我在苇叶上闻到隔世的芬芳
多年来，一直是我带在身上
没有冷却，没有干透的乡土

药罐

外祖父和药罐一起病了
三年来外祖父和药罐一个单子吃药
成了患难之交

外祖父和药罐病情一样难治
什么土方都试过了
蛇胆黄连马钱子
世上最苦的药都尝遍了
香也烧过头也磕过
寺庙的佛祖假装睡着了
把它关在门外没有让好运来敲门

药材的芬芳没有把春天留住
药罐顶着暮色
不像有月亮要升起来
好像盐又回到伤口上
让苦海里走过的人慢慢享用

上半夜，药罐
又给外祖父熬了一罐药
下半夜外祖父就咽气了
他最后一眼看着药罐
算是跟老伙计告别了

祖父

镜子里落过雪
两个白发苍苍的老人
同名同姓
年龄一样
长相一样
让镜子里的雪人离自己远一点
他每天都在镜子里扫雪

一个想留在今天
一个想回到过去
一个想把镜子打碎
一个想从镜子里冲出来
挥拳打向这个自己

两个雪人都掉了牙齿
都露出骨头
化成一粒种子掉进泥土
两个吃过盐的嘴巴
苦笑了一下
原谅了对方
这是太阳在早晨经过雪地时
留给我最新的印象

年轮

它在一棵树的身体里奔跑
给我们运送春光
它如同谜一样深藏暗处
只有时间知道它走了多远的路

村庄里的老人也有年轮
他们在一个地方认真做事
以圆为圆心，画了那么多圆
多少难言之隐都被揉碎了
那年轮如同低矮的池塘
收藏着多少泪滴
才让清澈的明月守身如玉
在一朵花门口幸存下来

跑在民间的车轮
不知道幸福何时到来
只有掉入它身体里的石头
知道命运为什么总是曲折的
它飘浮在道路上
于是大地上有一些深深的辙印
碾轧在我们的心里，成为牵挂我们的彩虹

一个人的村庄

我心里藏着一个村庄
我据为己有
我认识的小琴二丫和一只偷吃麦子的羊
以前都在这里
我在这个村的老榆树上演过恶作剧
用一只鸟蛋打碎了奶奶的水罐
我用伤害摧毁了善良的陪伴
这天鸟儿没来唱歌，奶奶没让炊烟升起来

娘在哪里村庄就在哪里
它像一块磁铁凝聚了地球的引力
牢牢吸附着我
我喜欢这里，喜欢月亮藏在树林里
不过分地照耀我和小琴的私密事
像那只偷吃麦子的羊，把舌尖伸到麦穗上
翻动那条来历不明的小溪
我在小琴粉红的腮畔上留下指纹和唇印

乡愁的灯让我目睹了我无法描述的喜欢
也让我目睹了我无法忘却的痛楚
这善良的村庄，脆弱得像一朵花
凋谢了许多好时光
奶奶躺在棺材里被抬到山上的墓地
之后小琴经历几次婚姻
被喝醉酒的父亲和羊贩子卖给杀羊的屠户
一个村庄无法摆脱的忧伤
从绳子的一端到另一端不知还要经历什么

跪在地上

谁也走不出大地
大地是一个巨大的磁场
天空的雨水和阳光都要降到大地上
在故乡，我的亲人太有尊严
死后依旧高昂头颅
我们抵挡不住爱的引力
双腿总要软下来
让头着地，让心贴在大地上
听以前离开的人小声说话

大地之上是山河
大地之下是矿藏
我们跪在地上，其实是要把自己
降低到一粒种子的位置
继续抬高大地不断上升的高度

过去我们的亲人在草地上放羊
在大地上种出庄稼
如今他们有的已经离去，有的还健在
健在的要和山一起慢慢长高
离去的要在墓地里长出山
做大地被抬高的那一部分
长出最好的草，开出最美的花
做春天最好看的衣裳

那些尊严的山头，涌起高出大地的波浪
就像死了的血在河流里又活了
河流里住着我们的母亲
她们的乳房藏着大海
我们跪下，是要在一粒种子认可的位置
向诞生在我们之前的骨头和脊梁
向人类的繁衍和生育深深致敬

老地方

住旧的地方是老地方
河水流过的地方，我跟父亲一起磨刀
跟母亲一起割草
我目睹父亲的手被一根枣刺扎出殷红的血
有一滴在娘的嘴唇开出忧伤的花
像一盏孤独的灯，快要熄灭时
照亮悬崖和山坡

有一种灾难要离开我们
有一种美要重新认识我们
补丁和野花的村庄
娘牵着羊走过的地方草还在长
拴在羊脖子上的那根细长的绳子
它勒进我的肉里
让我知道陪伴有多幸福
也让我知道走远了有多疼

最后

我剩下的时间不多了，没时间耗下去了
我所有的文字都是献给故乡的爱
它们会替我在世界的尽头说完最后一个爱

时间让一个母亲诞生了我
就让时间把我埋了吧
我要在山顶看你们活着
你们是我赞美过的人
我赞美过的忠诚勤劳和善良在诗歌里长寿
有一朵带露水的花它要替我送出祝福

我掠夺了那么多爱，没有时间一一偿还
该得到的有一些已经得到
有一些尚未得到就算了吧
没时间想这些杂七杂八的东西了
我的骨头尚且可以入土，尚且不腐
如果一只羊不嫌弃
让它在上面蹭痒好了
尚且有什么不可饶恕的过错
就让羊替我赎罪吧
它身体里有十字架上耶稣滴不完的血
会让善良的花朵得永生

一只被遗忘在角落里的黑碗

一只黑碗蹲在老家的墙角
没人知道它在想什么
昨天喝粥的人
已经把它忘了

它蹲在暮色里
显得更加陈旧和苍老
它在祖父母那个年代
被乌云遮得太久
像一只不祥的乌鸦
被时光射落

它盛过野菜，盛过大麦
成过苦药
盛过照人影的水
仿佛是一面羞愧的镜子
让人看到那个年代的真相

一只黑碗被时间完整地保存下来
如今它只是一段历史后面的句号
没人再愿意端起它
回到黑夜之中
听乌鸦诵读恐怖的咒语

三块石

祖父和祖母相继走了
三块石头留下来
祖父活着的时候
夏天时在上面铺着草睡觉
有时盘腿坐在上面啃玉米
玉米粒掉在石头上
他一粒粒捡起来
样子像个小孩

祖母坐在另一块石头上
身边放着破损的水罐
倒了一碗水，轻轻吹了几下
又掐了一棵草在里面搅了几下
之后用衣袖擦了擦被祖父穿了几个春秋的蓝布衫

吃完许多草的羊
卧在另一块小一点的石头上
它吃得太饱，身体有些笨重
一朵野花从石缝里钻出来
它用舌尖够了几下
并不打算吃下去
它觉得野花很美
美得能擦亮自己的眼睛

祖父和祖母走了
羊被牵进屠宰场
夜深人静
三块石头吓得不敢大声说话
放出几粒萤火，一闪一闪
寻故人

第15辑

我痴迷的河水来自人类母亲的乳房

尿布是带给我生命的一小块乡土

许多年前，我在尿布上流了一条小河
我在小河放养了一条小鱼
它是另一个我
冬天，我看见娘被冻红的手指
像长在田野上的红萝卜
成了我在河边看到最美的胭脂

这块长满爱的土地
在被河水浇湿之前
我早被乳汁浇过一遍
那时我年龄尚小
不知道这块土地有过灾难发生
让娘的额头留下许多岁月的刻痕

带给我生命的一小块土地
总是那么潮湿
因为有爱烘烤总是干得很快
我在上面萌芽了无数次春天
那些留在草尖上的露珠
让我看到河流变小
也让我目睹季节的残酷
我像活在石头上的蜗牛
慢慢枯萎了种花人

子宫

大地最早的房子由血肉结构
生命在这里孕育
一种悲壮之美是如何抒写的
你不在血泊里住过
就不知道一盏灯走了多远的路
才把太阳安在我们的头上

我们住在地球深处
一个女人用水和石头为我们造肋骨
在她腹中
我是被供奉的王
到处都是贴心的奴仆

我在时间里延长可怕的睡眠
在我还没完全生产出来之前
她用所有的耐心
在我的头颅种下人类的眼睛
用血缝制了一条连接我命运的脐带
让 1963 年的我走出子宫大地
张开花瓣的嘴唇
赞美九月的河水

子宫大地，填满一个女人的渴望
它的深度羞辱了我们的肤浅
这么多年，我们只知道她们的善良
却从来不知她们的苦难和艰辛

羊水

孕育和诞生我们的沼泽地
一个心地仁慈的女人发现羊水善良的天性
可以一直护送我们来到人间

大地深处的泉水朝我们弥漫
我们依靠羊水活着
我们在羊水里漂游
是不是一只母羊要用眼泪
给我们置办惊世骇俗的家产

生命的通道崎岖而宽广
一盏灯漂在水上，燃烧时更加痛苦
越来越多的水，越来越多的血
在我们身上寄存着希望
仿佛要把全部的水流出来
天空才会下一场及时雨
挽救一棵快要枯萎的草

河水源头的羊水啊
你让那么多羊在云朵里爱上故乡
为什么我来到阳世
你要在我的脖子上留下一道伤疤作胎记
是要让一只蝴蝶带我去辨认你的春天
还是要让一只蜗牛，带我慢慢触摸
那些被时间忽略的不为人知的疼痛

产床

木头床笨重而坚硬
母亲在上面梦见鱼群飞来
从此这里诞生了谣曲

草原产下羊群
它们穿着云朵的鞋子化妆成天使
它们在产床上采摘露水
对灾难和夜晚的深度一无所知

大地产下谷仓
盛满粮食和水的乳房透着劳动的光芒
娘的血衣开满苦难深重的花朵
足可以让世界倾倒，万人称颂

一棵树产下春天
木头床产下我和你
乳房诞生的湖泊
苦水倒尽，越来越清澈
作为生命，当你降临
是一棵树躺着接住了你
你拥有的一切来自产床的阵痛
什么咒语也不能降低和削弱
它带给你的信仰和崇拜

想起摇篮

世上最美好的地方
是故乡有一个让你躺着看星星的地方
我躺过的摇篮是故乡的红柳编织而成
它盛过土豆、玉米和红薯
更多的人把它叫筐

父亲滴了多少血才把那些红柳染红
母亲编进了多少灯光
编进了多少蟋蟀的欢叫和虫鸣
那些从春天走过的草
在一个婴儿的身体上滴下多少浓荫
除了时间，谁也不知道
被我掠夺的爱到底有多辽阔

月光落下来
里面的草更柔软
那个在摇篮里躺着的人
从小就有了一个属于自己的祖国
一泡泡尿成了纵横的河流
小鱼遇到的大海是我的
大海没遇到小鱼之前
分别是两只乳房的
它成了我们共同的远方
我们在回来的途中都变成了蝴蝶
一些拥抱了墓地
一些拥抱了首都和粮食

坐月子

女人生孩子时跟母牛一样负重
母牛要吃掉许多草供养肚子里的小牛
小牛落地，牛妈妈仍要吃许多草
为小牛备下更多的草汁充当大海

像蜗牛行走数日，看看还在原地
女人要在蜗牛走过的地方
付出百倍的努力
看从自己身上掉下的肉
如何忘掉过去的伤疤
长成时光里的花朵
将富足与美好放进静静流淌的朝霞里
经过我们身体的某些地方
将鲜花突然缀满春天的花园

像一只蜜蜂省略掉酿蜜的过程
留下整个草原的芬芳
她们要开出桃花朵朵遮住往日的疼痛
让婴儿们长出牙齿啃自己
在喜马拉雅山顶，摘走甜蜜的果实
这果实太让人敬畏
它的旷达，所有人都愿从那儿经过

在微信里看一个婴儿吃奶的图片

在娘的被窝，一个婴儿闭着眼睛
像一台小型抽水机
将地球撕开了一条裂缝
羞涩的大地，隆起两座骄傲的雪山
爱从遥远的山顶奔流而来
太阳和月亮两个发光的星球
印满婴儿的指纹和牙印
掠夺和占有，让一个母亲的幸福
到来时比苦难消失时更慢

在那雪山埋着多少静静流淌的时光
埋着多少不为人知的疼痛
十年，二十年或更长
当一座水库被抽干
悲伤的云朵骑走幸福的马匹
路途中，一个诞生婴儿的母亲
被鞭子和镣铐一起奴役
你可知道，那从泪水里流淌出的爱
抵达一朵微笑的花朵
经历了多少曲折
才让大海回到我们的身体

第16辑

没有黑夜的地方只有雪能让大地归于平静

看雪梳头

清晨，我在娘背后
看娘站在镜子里给雪梳头
每一朵雪都历经千辛万苦
娘要好好爱它们
娘把它们攥在一起
像攥着一把谷子或荞麦
娘不丢开
它们永远都是娘掌心里的孩子

娘用梳子在它们身体上弹琴
就像早些年娘的舌尖在我腮畔上滑过
那些雪原本就长得很好看
被娘一整理显得更干净
娘梳掉它们身上的草屑
它们穿着云彩的衣裳
像一只羊走在幸福的山顶
痛苦有多深幸福就有多厚

用雪装饰一座山的容貌
让镜中的雪山因为平凡而伟大
白色雪峰光芒涌入
我看到一颗悲悯之心
在雪山下如此安静
除了泉水弹奏琴声
你听不到一棵草或一声虫鸣的哀怨

棉花顶着雪

我要说棉花顶着雪
真的很好看
先雕塑一颗头颅
再雕塑一颗玲珑剔透的内心
秋天挽着洁白的头巾
是我看见最干净的乡土

过去我和小琴在棉花地玩捉迷藏
雪藏着我们的童年
我们谁都找不到谁
在棉花地我一动都不敢动
一动头上的雪就动

有一回小琴找不到我哭了
我贴住一朵棉花柔软的身体
在一股幸福的暖流里睡着了
等我醒来天已经黑了
小琴说再也不和我玩了
我采了一朵棉花插到她头上
月亮就出来了

照亮世界任何一个角落
棉花选择了一条最远的道路
它告诉你世界的尽头
雪在一根羊毛里
一直藏着故乡

晒雪

秋天到了，家乡开始落雪
娘将地瓜切成雪片
纷纷撒向田野
一种品质的绽放
使这个秋天变得比一张纸还薄

晒雪，这纯属于劳动的美
一直流传至今
心里没有太阳的人
不会将这片雪晒干
它们的颜色来自汗水洗礼
比银子更贵重

被晒干的雪
晒干了浸透泪水的故乡
它一次次映白天上的月亮
你不知道月是怎样变白的
不知道一个个温暖的白昼
有多少颗心灵照耀它
也永远不知道一座至高无上的山上
有多少颗钉子才能钉住这片内心洁白的雪花

鹅毛大雪

一群鹅来到冬麦地
一个面似尘埃的老人站在田埂上
他眼睛里有一种暗淡的光芒
瞅了一下四野
接着又瞅了一下天边
不知在想什么
仿佛在找一个缝隙钻进雪里
让雪把他和麦子一起遮挡起来
在这干净的世界，藏匿和保存
关于收割带来的美好记忆

听说往后这里要被征去建饲料厂
这块让自己吃饱肚子的麦地
往后要消失了
一群鹅从四面八方赶来
是要用鹅毛最后一次温暖他疼痛的心吗
是要在这里生出满地的天鹅蛋
如月跃过断崖，画一道弧线
在光中孕育新一批捍卫地球的继承人吗

到处都是雪
一支支令箭在命令谁
诅咒谁
一封封鹅毛要寄到谁手里
它是通知一个庞大的春天
正在雪的子宫里等待分娩
还是雪要为丧失天良的人
举办一场更加风光的葬礼

另一种雪

秋天，慈母般的大地正在落雪
母亲把红薯切成月光的碎片
大地正被照耀
雪和雪拉着手
你躲到哪儿都能被雪看到

我需要一场雪
在白天鹅身上飞的时候
黑夜里没有我
娘是制造这场大雪的人
雪越下越大，在它怀里我会更小

多年后，那些制造大雪的人
顶着雪来到山上
我不知道雪是怎样离开我们的
只知道它在乡愁的路上
诞生了闪电和雨水
照着山上的草，一岁一枯荣

它留下的洁白
一半成了我花不完的银子
另一半，在山顶
成了我的仰望

故乡的雪

上一场雪没化
下一场雪又落下来
我的指纹深埋雪域
和一棵草成为生死兄弟
和一条河有说不完的话

四十多年前，我和娘生活在乡下草屋
半夜下起了雪
雪刮进屋，刮到床上
我在雪下时听到春天的喊叫
是娘不停地揉搓我们的身体
雪在我身上长出干净的羽毛
抵挡住了寒冷的入侵

故乡不会永远被黑夜遮挡
雪落在一个女人的山上
富有令人惊骇的纯洁性
雪让娘变成雪人
在她怀里我变成溪水的孩子
一天早晨，我看见娘坐在炊烟下给雪梳头
一座山泡在水里
让我目睹了令人敬畏的尊严
好像复活的汗血马

白

吾乡，越来越多的女人头发白了
白是一场浩大的雪
被雪压在最下面的那颗心
是泡在血里，照耀过我们的灯

卧在雪山上的老虎，牙齿洁白
足可以咬断石头的骨头
在白面前我不敢变黑
她身体里所有的雪
都是娘给我提供的羽毛
如果拔一根，它流出的血
也是娘很早以前开给我的花朵

许多年过去了，白有的已经消失
离我们越来越远
有的还留在大地上
当我再次看到
是我在娘后面给雪梳头
她站在镜子里面朝着我
一种苍老的清澈和慈祥
除了让我敬仰和屈服
也让我恐惧和颤抖

初雪

今年的雪来得比往年早
给大地备一间干净的房子
铺一床洁白的云朵
雪落满处女的床单

一场雪把什么都埋了
麦子被埋了，树被埋了
草垛被埋了，屋顶被埋了
生产工具被埋了，墓地被埋了
南京三十万颗头颅被埋了
路被埋了，脚印被埋了
要不是母亲的头巾和雪一样
我们都要找不到家了

季节的誓言无需更多的语言描述
云中传来书信
它飘落的时候带来许多光
光要掩埋谁救赎谁，抛弃谁留下谁
都密封在书信里

我在一张纸上反复写到雪
写到雪来的时候我们都变成了雪人
一首诗快要结束时，我和雪抱头痛哭
我们都没说再见
后来雪化了，融入我的身体
不化的挽在母亲已经没有黑夜的头上
成了太阳身边最美的云彩

在故乡的棉花地遇到雪

在故乡，棉花和雪遇到我
我还是一个孩子
在秋天，我遇到棉花和雪
是大小一样的白头巾
采棉的母亲和众多劳动的妇女
在我面前是一座高起来的雪山
她们挽着天空的云朵
让我有了仰望的故乡

让我们的腮畔染上一些好看的朝霞
母亲在春天种棉花
在冬天给我们缝棉袄
她们头上的雪一年比一年更深厚

在故乡的棉花地遇到雪
我遇到善良的人对雪表达爱意的时候
不是用语言
而是用一整座山的沉默
换来我们想挽留和拥有的

妇女们在月亮上纺雪
在雪上纺月亮
大多时候我们都不知道
光是怎样沿着路途遥远的皱纹
一步步到达早晨的
她们内心藏着一个清澈的湖泊
不和白天鹅一起回到故乡
用羽毛和琴弦的呼吸拨弄它
你不知道藏在雪下的波澜有多辽阔

母亲头发白了

这几年，母亲头上的雪越来越多
仿佛明晃晃的剑插向山顶
对母亲经历的那些黑夜大声喝问

经历得越多，山上的雪更白
雪每年都要回到母亲的山上
这一根一根头发，每一根都是故乡的草
干净的雪落在干净的草上
在那雪下，原本属于一个母亲的幸福
在一朵花还没开出来的时候
露出枯萎的表情
显得倍感沧桑和疲倦

有一年秋天，我看见母亲挑着谷子下山
娘挽着雪白的头巾，夹在谷子中间
这是我见过真正的山
是我见过人世间最干净的雪
它隐瞒了一个母亲苦难的身世
隐瞒不了一座山的庄严和神圣
沿着通向山顶的路，采一朵雪花
装饰一下封闭的内心
我触碰了它的柔软和坚硬
成了我朝拜和供奉的寺庙

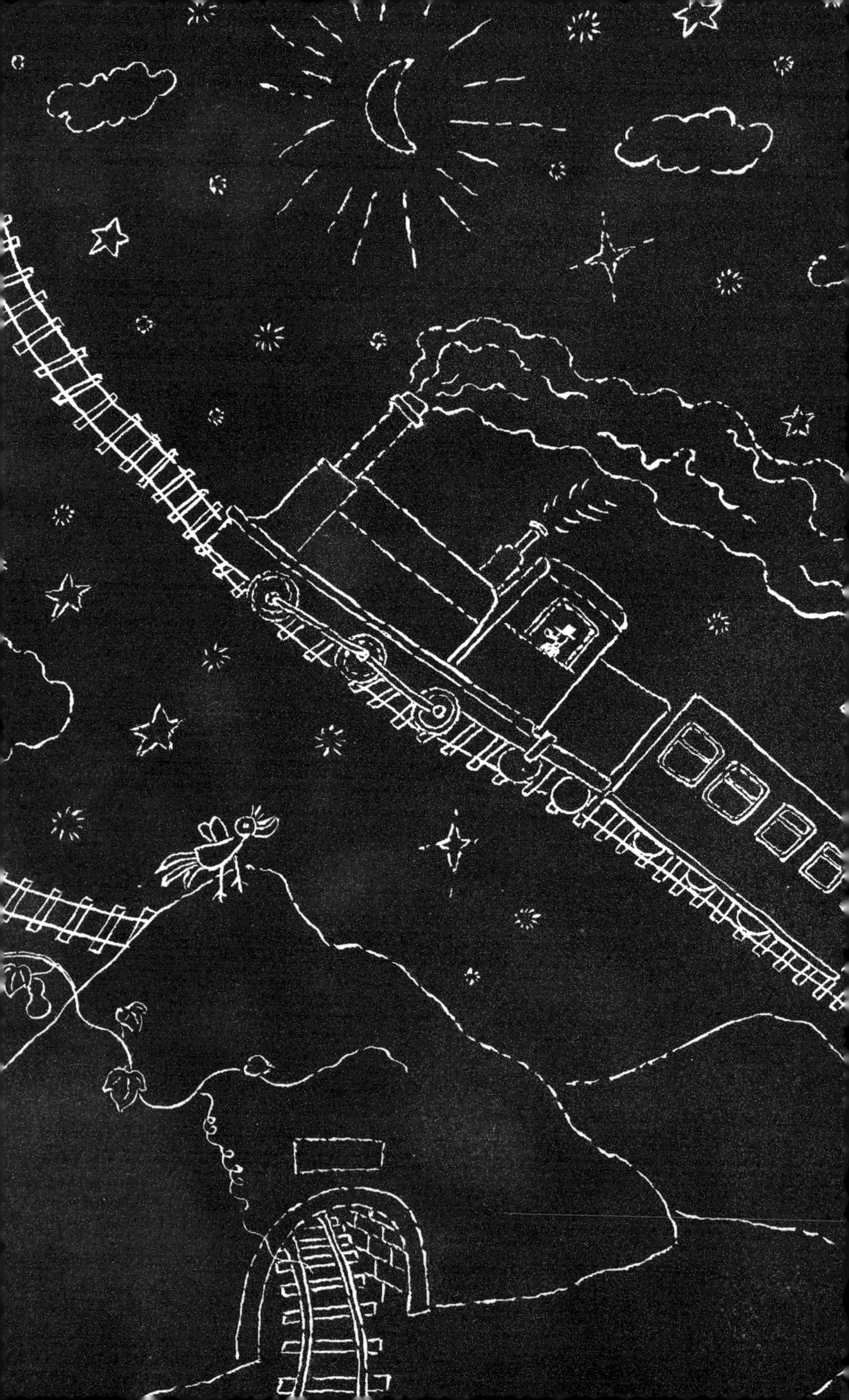

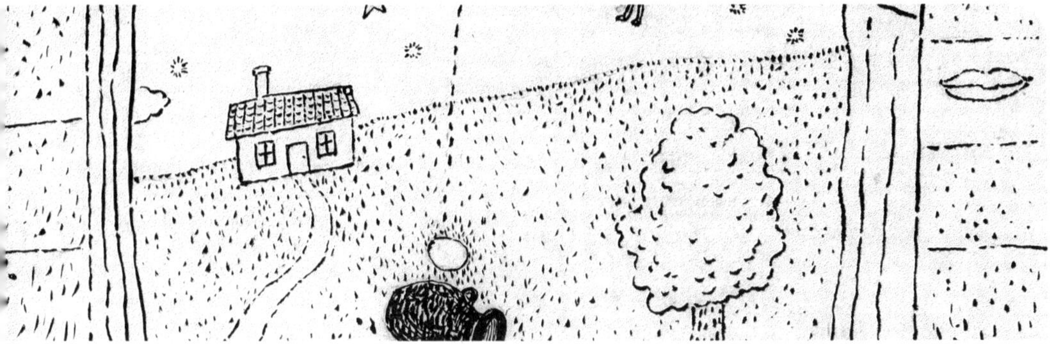

第17辑

乡愁是时间的鞋子，

一只留在过去，一只留给将来

桑

告诉你，我的父亲叫桑

桑是一棵树
一棵树成了我父亲
是奶奶给了他机会
奶奶付出多少痛楚
一棵树不说话
谁也不知道他经历了什么

如果一棵树不倒
桑会把春天带给我们
铺一条比远方更长的丝绸之路
让我们在上面玩，被时光搬运
于凌晨时分，来到一朵花附近
看我们在露水里，沿着河流
回到婴儿的大海
在幸福的波纹还没消退时
躲过尘世的悲伤

宁可在天空下枯萎也不向谁哀求
让自己在暮色中留下来
仿佛他所有的难言之隐
都希望我在下一个春天，绝处逢生

桃花树下写乡愁

桃花盛开的时候
几朵云彩，在墓地上停下脚步
在一朵桃花遮蔽下
一座新坟指向天空
它看到了什么我不知道
我看见云彩是父亲的马匹
大地是父亲的牧场

胭脂一样红的桃花
落满五颜六色的蝴蝶
蝴蝶不知道花儿为什么这么美
却知道最美的花都从心灵里开出来
父亲一辈子只做善良人
一个好人就是死了
也要留在故乡，春暖花开

蝴蝶触摸着安静而灼热的乡土
让我对舍我而去的父亲，顿生依恋和敬意
我看见经过春天和秋天的树
每一棵都在经过我的身体

我是大大放过的一只小羊

大大走了，没有走太远
在他放羊的桃园停了下来

大大，您历尽千辛万苦
一天天把我养大成人
天空之下，大地之上
唯有您最大

在您的骨子里，藏着我的高山和寺庙
在您的血液里，藏着我的河流和大海
大地在您脚印里变小了
大海在您汗珠里变小了
您本应该成为拥有财富最多的人
这么多年，我一直在奴役您

大大，您的泪水使河水更长
您的汗水使果实更美
大大，您沉睡在桃花丛中骄傲而富有
我是您放过的一只小羊
走在您的高山上，我看见露水抱紧的乡愁
在草尖上晃动，故乡更从容
一只小羊站在河边
成为这里最干净的居民
仿佛所有经过和没经过我的
那些最低层的草
都是您留给我的遗言和遗产

在爹的山上我不敢逃离

如果爹不离去，大地会不会把他变成一头牛
在土地上晃来晃去
比黑夜更黑的药碗会不会把更多的苦
留在一盏灯经过的地方
光中，爹裸露伤口
我不知道伤口多深
却知道一朵忧伤的花为什么总是在希望中盛开

如果爹不离去，在风中挥舞的鞭子
会不会把一道彩虹轻轻地抽在他身上
日夜牵我到河边，看姣好的月亮
为我带来繁荣气象

如果爹不离去，爹一定还会在最低的尘世
为我遮风挡雨
因此，爹的离去是时间的疏忽大意或错误
是沉默的大地要借他项上人头一用
在流淌的时间中，使尊严凸出地球表面
告诉你这是我父亲

像一只羊走在爹的山上
一边接受草地的供养，一边接受烈日的照耀
经得住抽打，经得住屠宰
如同一个囚犯，接受时间的审判和改造
我要留在这里，直到服刑结束

妈妈砸石子

过去，妈妈靠砸石子换取柴米油盐
维持一家生活
妈妈白天参加劳动生产
晚上坐在月光下砸石子
砸碎夜晚
让囚禁在石头里的星星跑出来
给快要支撑不下去的生活带来微弱的光
安慰一颗善良疲惫的心
没有尽头的路，锤子在奔走

唤醒石头里的梦
妈妈握锤的手像握着一把火柴
火柴熄灭了许多次
点了许多次
火光中石头像被捏软的柿子
生活不知不觉有了一丝糖和蜜的甜润

妈妈的汗水滴在石头上
开出许多带露水的小花
石头的萌芽苏醒了一个略带忧伤的春天
这和一个母亲没完没了的敲打密不可分
锤子举起，我看见一座山在抬头
锤子落下，我看见一条河在翻滚
许多年过去，当天边响起雷声
我总认为那是乡愁里不愿倒下的骨头
一遍一遍在打春

筷子是我们的好兄弟

陪着父母过简单的生活
五谷的村庄，两个善良的儿子
在娘的身边埋下两颗心
娘吃什么筷子就吃什么
娘吃野菜筷子夹野菜
娘喜欢吃红薯，红薯个大不好夹
兄弟俩就小心翼翼抬着
恐怕被风吹掉了，害得娘弯腰去捡再摔跟头

不争不抢，不分不离
同甘苦共患难
粗茶淡饭度平安
苦日子也能过出几分甜
两个好兄弟夹着一棵苦菜的咸涩
也能闻到春天全部的花香

有一年，我目睹生病的母亲蹲在地上
两根干涩的树枝
颤抖着夹起落在地上的米粒
就像抬着浩大的花朵
贫穷的日子，富足的日子
比富足更好的日子
比春天更好的日子
在树枝上绽放出一丝丝药材的芬芳
在不死的风中，吹出两朵疼痛的花朵
晃动溪水和鸟鸣

母亲的高山

母亲挎着柳条编织的篮子，在山上捡山货
捡得最多的是蘑菇
有时也捡松果，摘酸枣和棠梨
还有核桃，银杏和柿子
整座山没有母亲没走过的地方

有一年母亲上山砍柴
她用一把砍过风雨的旧刀去削悬崖上的树枝
却冒犯了自己的左手
流出的血染红许多草
忧伤的花儿开得到处都是

母亲是一座站起倒不下的山
我愿意对着它一直仰望下去
我愿意称众花为美女
愿意称赞它为祖国
我愿在山顶，为更多的婴儿
让出照耀我一生的乳房
在这里，我愿意做一个长不大的人
低下头，看我在溪水中坐着花朵
任朝霞在我身上搓一条乡愁的彩虹
牵着我，一遍遍在草地上走过

第18辑

我经历过的都在原地等过我

玉山镇，有玉的心灵比水更澄澈

长玉的山叫玉山
长玉的水叫玉水
长玉的石头叫玉石
玉山到处是看不见的玉
最主要是人心里也长

在玉山，那么多雪
像月亮落在祖母头上
又好像羊群上山岗
一场大雪把玉山这个千年小镇
放在羊蹄子里，泡得比草更软

石头上的云彩白得安静
每一块石头都能让梦想长高
这白不在一个地方白
把好时光追到我们身边
追到春天年年经过的地方
石头上的马匹奔跑
但谁都不想跑出故乡
谁都想在玉的家乡守身如玉过一辈子

我的亲人种了一辈子玉
最后被土埋了也没看见玉
但每一只脚印都响着玉的奔跑声
追上草原的一棵草和一朵花
我们的早晨并没有来得那么晚
永不妥协的石头，雪下在它身上
多远的路都能走到头，在哪里都会崛起

在玉山，玉保佑你活得漫长
你死，玉不死
从无玉的地方种玉
多少人辛劳一生从未把玉移出过心灵

童年鞋

伟大的造船人不辞辛苦为我造了两只小船
伟大的船长为我日夜护航
童年鞋，那些每一道裂开的缝隙
都藏着童年的大海
它是我不停寻找的故乡

我相信河水的一端就是海洋
沿着一根线头回家
我看见我是一条小鱼来到河流
在那里，我看见全部的眼泪都是娘一个人的
全部的乳汁都是爱我们的大海

这么多年我长大了
离造船人越来越远
童年的小船，请你把我带回故乡
我要在大海的泪水里
找回照亮过我的明月
我要在一根头发的河流里
认识一场干净的大雪
求它原谅我犯下的错误
把那些宽厚的波浪一次次拍到我身上
每抚摸一次就带来一次良心的苏醒

那些光芒是我前世的遗产

朝远方交出自己，我将用一生
和那些出征的人一起早出晚归
等期待已久的太阳，沿着皱纹的小路通过山顶
看苍天下，感动我们一生的花朵
昂首人间，无比自豪和骄傲

奔向有光的地方
途中，我的祖母在河边种树
守着一条有情有义的河爱到老
在年轮里长出春天的拐杖
一道道皱纹劈开了闪电
把春天长得高一些
拐杖站在春天的辽阔里
成了更多人的依靠
年年醒来的树叶，成了行路人必备的盘缠

尽管苦难没有离开我们
幸福也没停止走近我们
黎明时分，我的姐妹在树下摘花
那些微弱的光芒为世界点亮了许多灯
它们有的消失了，有的还在黎明的路上亮着
它们是我前世的遗产
我把自己当成一盏灯的儿子
守着那些不愿透露姓名的发光体
我身边出现了星辰、英雄和君子
毁灭或诞生，均从此经过

钻树林

村后有一片苹果园
苹果园旁边有条河
春风钻过，鸟儿钻过
白天，太阳来过
晚上，月亮来过
像鱼钻水
虫儿，蝴蝶，蚂蚱
都钻过
染上一身绿

爱钻的不止这些
男人来过，女人来过
牛儿，羊儿
都来过

它钻进我童年的身体里
我认识的小琴和杏
都在树林里藏着
不怕贼偷
就怕贼惦记
多少年了，有个小偷儿
天天把它放在心上

再一次想起玉米

在昨天，我们吃玉米
在今天，我们还吃
在乡下吃，进了城吃
一年年，拼命地吃
直到把自己啃成一棵老玉米
长出玉米一样的胡须

干旱的大地，玉米九死一生
在苦难中奇迹般活下来
玉米给我们带来温暖
让我们在太阳光里活到今天
它一直躲在乡下站着
风吹开它的叶子
我多想钻进它怀里
像小时候，抱着娘
紧紧地抱着玉米

晒谷场

秋天，晒谷场热闹起来
村里的男人和女人
将晒谷场烤得和烧红的铁一样
那么多谷子沐浴烈火
我们的热情和欢乐
总是比太阳照耀的时间更长

梦总是圆的
所以晒谷场的边
总和月亮的边一样光滑明亮
它照亮种谷人
即使在深夜
人们坐着落日的船
也能在一朵花上坐到天亮
摘下无数颗星星
埋掉身后更广阔的黑暗

那么多谷子饱满着河水
散发着金子的光芒
一只鸟来自远方
多想从一条鱼嘴里
夺走故乡的灯
放在比山更高的屋脊

鞋子合不合适只有脚知道

对于奔跑者来说
鞋子是丈量一条路最好的尺子
鞋子是脚扔不掉的房子
这世上，给脚缝鞋子的人
只有娘能让鞋子要有多好就有多好
母亲手里的线牵着你
所以我们的脚大都走不了太远的路
多远都能回
鞋子是脚忘不了的摇篮
我们的脚在鞋子里面是十个婴儿
一出走就会拽疼缝鞋人

只有鞋子知道我们想到达哪里
只有故乡，村庄和牛栏
只有母亲，河流与炊烟
知道我们的心思

鞋子合不合适只有脚知道
我们呢，是穿鞋子走路的人
不管黑夜有多远，不管路多难走
我们的脚总能让时间躲藏在脚印里
把最难走的路走完
未走完的仍在彩虹一样弯曲的途中
任由鞋子，从一个地方到另一个地方
一遍一遍，给脚带来前所未有的安慰

鞋子在路上，脚在鞋子里
缝鞋人在故乡
只有故乡能听懂
鞋子和脚亲密的交谈声有多辽阔

想起水的诸多好处

因为渴我想水
因为想水我病了
故乡，请你把我收进你的医院
用毛茸茸的胡须给我打针
把长江黄河那么多的水
注入我的血液
彻夜流淌

想起水的诸多好处
我赖在水里不走
如果我病情好转
也愿留下来继续恢复
请原谅我的爱
恢复成一条鱼的状态
把水搂在怀里，抱得更紧

曾有老虎出没的山上

把老虎赶跑，砍掉多余的树枝
备足冬天的火焰
有人把手伸到老虎身上
给老虎挠痒
有人穿着老虎的衣裳
模拟老虎的表情
把虎胆英雄的威名留在山上

祖父和祖母，就是占山为王的老虎
英雄和美女，两只善良的老虎
在山上不期而遇
爱情的筹码就是两颗心
同时在风里熄灭了一场火
又燃起一场更大的火
一直烧向太阳经过的路上

火光中，以前吃人的老虎逃之夭夭
吓退一切困难，真正的英雄
真正的猎手与花朵一起诞生
两个人被风吹到一起
曾有老虎出没的山上
传来婴儿的啼哭
生生不息的草地遗弃了冬天
春天在老虎的足迹里诞生了草根
善良的咏叹和勇敢的嘶叫
成了我在露珠里一天天攥紧的乡愁

时间在水里很静

娘打水的时候
觉得有两个自己
一个在井上，一个在井下
一个舀水，一个往上拉

她是大海藏在岁月里的鱼
每天都在为我们运送水
水在走路，水在流失
水太多，爱太沉
一辈子都运不完
有一天水在皱纹里老了
一条为我们找水喝的鱼也老了
水和鱼长出白头发
就像我们没有注意到
雪是怎样让一座山的命运更加陡峭
时间在水里很静
静得让我们听不到一滴眼泪
或一滴汗水走路的声音

水抬头遇到我们
我们是长不大的婴儿
娘为我们存储了世上一切最好的东西
我们却不知娘在水中丧失了什么
我们在幽静的时间里只注意到清澈的水流过我们
并没注意她额头上的皱纹
藏着多少不为人知的苦难
不知道大海的波澜
为什么有时会比屋脊更高

一棵白菜的寓意

我喜欢一棵白菜
一棵好白菜喜欢长在故乡
不挪地方，静静地
等季节的雨水流遍身体
让你不自觉的放慢脚步
爱上这里的一切

日子总要过下去
没有谁不想对一棵白菜献殷勤
洁身自好，留取丹心一片
一棵白菜高贵的品质
置身自然，多么朴素干净

好白菜就是这样
即使青春的叶片老了
带有零星斑驳的污点
甚至有少许腐烂的迹象
沿着善良的方向
做一个谦谦君子
好白菜好就好在
它能在寂静中安身立命
在低谷里闪亮
足够它绕过冷漠，走向明天
使它眼里的世界，足够
比春天更美好，比河水更清澈

一棵草就是草原

我说的，一棵草就是草原
除非这棵草没有梦想
丧失了意志
除非它拒绝萌芽
借用枯萎原谅了自己
远离荡漾的绿色涟漪
渐渐消失

草原是一棵棵草组成的
左边一棵草
右边一棵草
前边一棵草
后边一棵草
四周，都是草
草的集体，每一棵都是草原

一棵低矮的草
春风吹又生就好
它想到了什么
看到了什么
只有草知道
奔跑的马匹为什么总是跑在风里
蹄印里的钉子为什么总是拔不出
草原的闪电
为什么总是比锣鼓醒得更早

没有一棵草不爱春天

春天是一个组织
它团结了所有该团结的草
成了昆虫的藏身处
和蝴蝶触摸不够的迷恋地

团结就是力量
没有一棵草不爱春天
没有一棵草愿意被春天抛弃
草之所以喜欢做草
其实就是和阳光，春风，土壤
紧紧挨在一起
成为一个集体
风吹过来，千万株草一起晃动
吹倒了，再站起来
站成宽广的波浪
轻易不流露疲惫，毁灭信仰

就像我在民间，愿意和许多人一起
被称作草民
草没什么不好
死叫枯萎，生叫萌芽

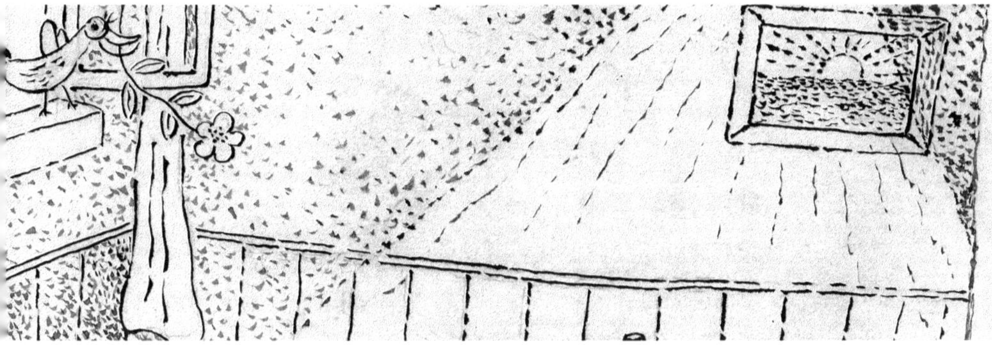

第19辑

生活笔记

一只蚂蚁掉队了

一只蚂蚁比人更关心食物
一天黄昏，我看见一只蚂蚁掉队了
一只蚂蚁穿着死人的衣裳和鞋子
驮着超过自己身体百倍的食物
像累弯腰的祖父背着谷子和麦子
晃动在绳索上
一只蚂蚁用勇敢、自信和善良
创造着属于自己的平庸

在围里村
祖父是一只老蚂蚁
袁冬青是一只更小的蚂蚁
一只蚂蚁掉队了
像多年前我被爱情抛弃
样子有点可怜

一只蚂蚁生活在草丛
默默地生，默默地死
它很小，容易被遮挡
如果一只蚂蚁成了幕后英雄
我愿跟它一起上战场
想踩死我们的人
也许下一个倒下的就是你

在纸上铺路

朝高处走，生活一直在爬山
雪一直在爬山
故乡，娘在山上放羊
羊穿着云彩的衣裳在山上行走
为了达到接近一棵草的目的
羊用足掌把路钉到悬崖上

娘头上的雪
我相信所有的人都看见了
一座山围着雪的头巾
一颗头颅要代表人类长成世上最高的山
雪在覆盖一座山的时候
把这个人不为人知的苦难、忧伤和委屈
统统遮挡起来
只露出白，在沉默的誓言里
照亮不可缺失的尊严

在纸上铺路
我要用血在语言的路上流一条干净的河
染红纷纷来到我们身边的野花
捧着露珠给娘当镜子
娘把自己打扮成最美的雪
我要把自己打扮成最白的羊
一张纸上的路连通故乡
上面藏着娘扔掉的脚印
一个母亲走过的路有多曲折，爱就有多辽阔
没有良心的人就不要走了
抛弃了故乡的人就不要走了
一张纸上的路，只配一双干净的脚洗礼它

应该有一双识别真伪的慧眼，还世界以澄澈

植被不断遭到破坏
众树身亡，纷纷落下的树叶
像死神寄给我们的死亡通知书
有的已寄达，有的还在途中

一棵树死于一场谋杀
一只鸟和另一只鸟的爱情还没来得及倾诉
一只喜鹊的歌声还没唱完就已经谢幕
那些流淌着音乐的鸟鸣突然中断
一整座矿山的沉默，与我们一同
分享这片毫无生机的时光

遏制混浊，遏制水土流失冲掉我们的精神家园
信息化时代，人类应该有一双识别真伪的慧眼
——纠正那些故意或无意的错误
还世界以澄澈

消失的小庄子

小庄子消失多年，现已不复存在
只能算一个旧址
它空旷的地带多年来一直没闲置
一直被王姓后人综合利用
春天种花生，秋天种小麦
地头地脑种上芝麻、豆角和南瓜

过去小庄子有多小
我们都不知道
时间抵制不住枯萎的入侵
我挽留的已经看不见
它消失时我在娘肚子里
我诞生时它已经消失多年

一些水消失在途中
另一些在祖传的姓氏里继续安静地流淌
我在历史的朝霞和晚霞中
目睹那些略带忧伤的花朵
觉得自己不是离苦难最近的
也不是离幸福最远的

祈求神灵发一道圣谕
赐予人间一块免死金牌
宽恕那些已经走远的臣民
将那饱经风霜的头颅庄严地抬起
这旷世的宁静
多么值得我在诗歌里永久追随和朝拜

如果一条鱼是我

一条鱼是我，我会
游到更远，更深的地方
如果水是母亲
我会游过伟大的乳房
把它当成可以搬动的大海
任这片水孕育出来的郁郁葱葱
一次又一次供养我的今生

一条鱼是我
时间和水让我活着
我愿做它隐秘的知音
如果时间改变了主意
让我献出生命
我愿留在墓地，掀起
弥漫而充盈整个宇宙的涛声

仿佛又一座喜马拉雅
从心底浮出
我会自豪地告诉遇到的每一个人
这古老的水，这古老的寺院
是我一直追随，一直供奉的祖国

一条鱼的态度

投胎水，一生就是水的孩子
一条鱼活在水里，被水反复爱着
就像太阳反复来到人间
水其实是另一个发光的天体

一条河被鱼视为一生的珍藏
一条鱼的态度
提醒人不要盲从逃离
鱼难于接受把水减掉
减掉水，鱼将被水减掉
丧失全部的家当
干渴和焦虑，疼痛和伤悲
不停地撕咬，鱼在劫难面前无处躲藏

遥远的家乡，妈妈在捡麦穗
失去水的麦子获得妈妈的大海
幸福得让人眼馋
倘若水消亡了，人类还在吗
人类消亡了，谁替我们呼吸
一条鱼反复想表达的
不知谁能听懂

漫长的路绝不是我一个人在走

一条路连着另一条路
路上人流如水
我在人流中间
没人注意我低头
也没人注意我抬头

一根绳
拴着一串脚印
到那有春天的草地
一根草绳在扭曲
一只蚂蚱在蹦跶
能蹦多远就蹦多远
脚印让路有了足够的长度

漫长的路，绝不是我一个人在走
一颗星命令我早起
一颗星命令我晚归
作为一个离开村庄的孩子
我怕遇到一只蚂蚱
正准备蹦到另一棵草上
突然险遭不测
没人注意我为何焦躁
也没人注意我为何停顿

挣扎

夏天快过完了，河里几乎没水
水成了贵重之物
抱着水罐的老祖母已经在河边等了三天了
仿佛水罐装着自己的人头
再看不到水人头就要被落日带走了

水一离开，鱼就急
鱼急红眼了
天天在河边的羊也急了
把缰绳拉得那么直也没够到水
最后人也急了，就等就熬
看谁熬过谁

鱼烦了，鱼不想耗下去了
鱼冒险跳到岸上
从小到大鱼没离开过水
鱼一直被水养着，它挣扎的时候
和早年的袁冬青背着行囊逃离故乡十分相似

民间每天都有不高兴的事
每天都有悲剧上演
寺庙和佛祖看不见

鱼看到了什么

你不知道海有多深
就不知道爱有多深
一条鱼崇拜的大海
跟我们崇拜的乳房一样神圣
鱼看到水就看到了娘

鱼看到水就看到幸福了
但鱼看不到水的苦难
水把鱼抱在怀里
鱼是婴儿
鱼把水抱在怀里
水是家园，是祖国

人和鱼没法比，鱼干净
人呢，不如鱼
人和天天与自己发生关系的水过不去
水被毁容，被玷污
越来越混浊
人离想要的生活越来越远

鱼看到了可耻，它想告诉人
如何做才不会丧失善良的天性
人太固执，鱼的声音又小
只有水能听得见
被时间埋起来的呼吸有多美好和多安静

老小孩

人到一定年纪
要重新做回小孩
回到无邪的童贞
看自己被时光溺爱
比如，有一年冬天
爷爷和我在雪地上玩耍
我们把雪堆到一起
做了一个干净的雪人
雪看着两个长不大的孩子
像两朵小花，冬天的树枝
被美抚摸过
显得更干净

我们在空地上撒下一把小米
用一根小木棍
顶起一个长满眼睛的竹筛子
木棍上拴一根祖母搓的草绳
攥在爷爷和我的掌心
猛一拉，世界发出快乐的颤抖

蛙鸣声声

这个春天我想听一只青蛙迷人的歌唱
是怎样为故乡唱没了孤独
我要在青蛙的歌声中打开身体
放飞吞下烈焰的萤火虫
黎明时分，在花朵上领走哭泣的美人
上演一场旷古绝今之恋

把故乡放在蛙鸣里蒸煮
一只青蛙唱过的歌
所有的青蛙都在唱
蛙鸣声声，声声唤我归
仿佛唤我回到溪水
看它内心的池塘
怎样在月亮的照耀下
变得比以前更清澈

惊世骇俗的惊蛰
打破比冬天还要严峻的沉默
我丧失的已无法得到
我拥有的在青蛙的歌声里离我那么近
如果是晚上，我多想坐在月亮上
学一声蛙鸣抛进窗
一直钻进娘的耳朵
一直藏在水里，一声一声叫娘
让藏在她身体里的那些善良的花朵
开出来比伤口里的血还红

旧枝新花

这是北方农村一家偏僻的农户门口
这家人把疾病用泪水包藏起来
一棵站了很久的杏树
热爱着最有希望的白
白在风中奔跑，比火车更欢愉

善良在哪里，花就开到哪里
心灵有多美，花就有多美
一朵两朵三四朵
绽放一场史无前例的大雪
改变世界的容颜
粉饰天下太平
我看见白色闪电和海洋一起诞生

太阳来敲门，幸福在歌唱
旧枝插新花
原来幸福从未离开
从未抛弃过我们

雨最终来了

大地变得越来越干旱
旱情蔓延，炙烤得庄稼们
流露出痛苦的表情
万物蒙受巨大冤屈
却不知到哪儿申诉
父亲放过的一只小羊
不知到哪儿才能找到一棵安慰自己的草
一个过错，或一种毁灭
正在行使更大的死亡计划

等，苦等，死等
等不来死亡
就会等来新生
熬过死的恐吓和考验
人是等到最后的胜利者

雨最终来了，这受到自然界和动物界
一致好评的救赎者
在秩序混乱的时候不顾路途遥远
在花朵快要失去容颜的时候
来到绝望和希望的门口
拜访了一拨执着的守望者

把疲倦的昏睡者叫醒
雨水中，痛苦的人
最终成了幸福的获得者
在时间里，天可以忍着不下雨
人不可以把坏事做绝
所以在故乡，总有一群善良人
一直忍着，一直坚持着
按雨水所想
洗掉盘踞在一棵草身上的尘埃
把春立于不败之地

第20辑

听命于时间，

在语言的道路上行走至今

翠竹青青钓春风

妈妈，您栽下的竹子
今年又冒出一小片竹笋
它们的尖脑壳使劲往外拱
多像小时候我在您怀里
幸福地活着

我要做一棵竹子钓我想要的
钓不到我就等
我一直认为我经历过的都在原地等过我
我一直认为竹子是站在我们身边最美的风景
吃多少苦竹子都站着，都昂着头
钓大江涛涛，瑞雪纷纷
千年前独钓寒江雪的竹子
骨子里嵌进多少寂寞的铁才站到今天
钓得春去春又回

风年年从竹林经过
从没听过竹子的抱怨
钓大鱼，钓小鱼
得到和未得到的
对命运的不公只字不提

竹子，如若你钓来一缕春风把我吹到水里
我愿倒下去，和小鱼一起回到乡下看母亲
这么多年我们一直在希望里活着
原来是一些内心无比澄澈的君子
站在大地上，用苍翠一天天养活了你和我

我想造一架飞机

我想造一架飞机，带着我飞至高处
用我拥抱大地的双臂，做飞机的羽翼
用血做飞机的燃油
飞机上标明中国围里村制造

我想把围里村变成一座飞机制造厂
妈妈没住过楼，没吃过我给她买的牛肉干
我要带着从没坐过飞机的妈妈
和她放牧的羊群，一起飞
我要带着千年的种植和收割
在草垛上飞，在树上飞
在屋顶上一次次飞过
飞过苍山，飞过泰山，飞过喜马拉雅
飞到月亮上看娘梳头，给儿女们舀水

继续飞，飞到一个国家的首都
我们要赞美这个国家的领袖
让我们有了一个新中国
赞美新领袖让我们有了新生活
如果燃油足够飞得更远
不经意飞到美利坚合众国上空
总统特朗普不认识我们
当然我们也不认识他
我和我的村民们坐在五角大楼上
翘着腿，点上一支烟
权当坐在一根枯萎的木头上
我们强大的内心肯定不会比一支烟燃烧的时间短
世界认识我们的时候也不会比一支烟熄灭得更慢
我们的自信和尊严在烟头上一闪一闪
比北斗更亮

当燃油快要燃尽，我们要回到村庄
一只从围里村起飞的大鸟
永远抵制不住地球的引力
那些金黄的麦子和谷子
是我心中浩大的停机场
如果上帝有意要制造一场空难
我要从血里滴出从未开过的花朵
突然跌落它怀中
算作告别，也算拥抱

我身体里潜伏着一支强大的军队

许多年前，一个母亲在苦难中生下了我
她生育我时如临战场
在征战的路上出生入死
让朝霞和晚霞在一朵花上绽放出一个婴儿的春天
这些泡在露水里的花朵，满脸忧伤却并不绝望

我身体里潜伏着一支强大的军队
这支军队的缔造者是一个让困难低头的女人
我身体里的每一滴血，每一块骨头
肺和脾胃，以及跳动的心脏
都是这个母亲给的
它们在我身体里集结，一直遵循着善良的法则

泪水说明不了苦难
乳汁比大海更辽阔
她们的乳房骄傲而饱满
崇高得太像一座山了
那些皱褶，那些峡谷
太像人身上的刀痕
我身体里的每一个队员都想替娘挨一刀
每个队员都有一颗红亮的心
每一滴血都想跟随一条河流
做一个佩戴花朵的英雄，流经这个国家的版图
绽放最美的愿望

如果战争让我死
我就死在疆场
娘给了我一切
还她也是应该的

但战争必定结束，胜利必定到来
恢复战后平静，一整座矿山的苦难
带给我旷日持久的照耀
我们的母亲本应该成为伟大的统帅
多年来，却一直在乡下过着仆人的生活
在通往早晨的路上，一只母羊领着小羊早出晚归
小羊用舌尖触碰一棵草和一朵花
最美的时光，在舌尖上流淌
多么像一个婴儿触摸乳房
我身体里的军队从那儿经过，都要停下向她致敬

开始

人逃离了出生地
一颗心离家越来越远
忍受和寻找开始变得漫长

故乡要把泪水打成多少钉子
旧门窗里才会亮起灯光
灯光下，祖母的额头出现了许多新皱纹
命运的绳索捆走了一个个旧日子
是我从未亲历过的
它不是幸福的开始
也不是希望的终结

故乡过苦日子的时候我不知道苦
故乡把苦日子过完的时候我逃出它的视线
一个人漂泊的开始
不是幸福的开始
就是痛苦的开始

在离家很远的地方，我躺下的时候
不敢掀开身上的黑夜
也不敢让黑夜把我压死
我有件流着故乡体温的白衬衣
像一个没有犯过错误的白月亮
它要照亮我，让我站着的时候
像一棵有根的树
让时间开始慢慢猜测我

芝麻开花

在尘世，父亲是一粒芝麻
母亲是一粒芝麻
默不作声种芝麻
从低处开始给自己盖楼
一层一层往上垒
在我们身边，任何一粒芝麻
都是沉默的筑楼人

小就小，顶着天踩着地
靠这种子活着
证明自己体内还有一盏灯微弱地亮着
一粒芝麻种在春天
将会有更多的芝麻诞生芝麻

芝麻的一年是一生，一生是一年
庆祝一个季节的离去
迎接一个季节的到来
我的亲人活在芝麻般渺小的渴望里
从没抱怨过世道不公
从没有过痛苦的表达
他们如此沉默安静
其实也算高大
任何一粒甚至都是离天空最近的喜马拉雅

一朵花来过这里

一朵花从未因遥远停下奔走的脚步
从未因我贫穷而抛弃我
我让它有了另一个远方
它让我有了漫长的等待

如果一朵花盛开一千年
我要留在故乡爱它一千年
如果一朵花在一个母亲的身体里睡着了
我要长久地留下来，耐心地守着它
我相信，一朵花要开
任何恶毒的语言都无法诅咒它
生活的道路再长也会看到不幸的结束

一朵花来过这里
它要把幸福带给这里的善良人
为这世界生出众多春天的女儿爱这里
这里没有丑陋和绝望
一朵花要做春天里最好的花
不计较得失，不计较幸福来得早和晚
我爱它，我愿长久留在这里
守护着这些令我心爱的胭脂
其中一个爱上我的胡须
我爱上它的全部

拥抱一棵树

我已经很久没抱过树了
我的身体面临倒塌
我要抱着一棵树，让自己重新复活
就像复活一场爱情
我要让树叶给我寄来天空的情书

树是我们共同的故乡
大地上所有的树都是亲人
它给我的爱比鸟窝更温暖
过去我经常在树林里走
拥抱过松树杨树杏树梨树
拥抱过枣树榆树和梧桐
我拥抱的，这么多年一直在拥抱我

我拥抱它必然爱它
它拥抱我，我身体里必有桃花
盛开在从不褪色的血里
必有一只赞美春天的蝴蝶
和长在我身上的胎记十分相似

树弯在年轮里那条路，走过春天和秋天
比河水想得更远
现在我只能选择一棵树
我抱着它的时候，像一个孩子
紧紧抱着娘

登山者

人活着就是爬山，你不把它踩在脚下
它就会压你，让你抬不起头
甚至没有尊严

人活着仅凭仰望是不够的
山上有老虎并不可怕
爬山就是和老虎交朋友
多年以前，我的祖父和祖母
成了老虎的知己
现在，两座骄傲的山头
仍闪烁着老虎的威严

登山是自己把自己变成另一座山
过去我的祖父和祖母
以及整个村子都是登山人
有的人在娘肚子里就登过山
在山上放牛割草打柴捡蘑菇
所以山一直压不倒他们

山是过去死过的老虎
老虎死时封闭了所有进山的路
叫醒梦里的春天
今天的登山者是昨天的打虎人复活
老虎啊，请你带着利刃住到我的骨头里
在黑夜的尽头砍出黎明
在血里放进流淌不完的朝霞
让我在故乡摇晃着山水奔跑在大地上
灵魂，已在脚印里扎根

站在树下对着一只鸟窝发呆

连续三天，我看见一只鸟
平安出去平安归来
甚感欣慰

第四天，它一整天都没回来
我爬到树上数了数
五个还没长毛的婴儿
闭着眼睛
等母亲归来
一瞬间我的心被什么揪了一下
差点落下泪来
我多想钻进去抱抱它们
就像小时候抱着我的兄弟

是途中迷路还是遭人猎捕
我不敢想发生了什么
我一想就害怕
好像天上掉石头
让我的骨头疼得说不出话

一块石头的骨头，总有一天会被人打成刀片带走

五月，河水寂静
这是收割季节最平静的波澜
它寂静得让一个老人的咳嗽
听起来更像山摇地动

河岸，石头寂静
我不得不说出我的感受
不得不又一次说到石头
一块骨头暗藏的刀刃
它让我听到磨刀的声音
听到丰收的好消息
比一朵花开在春天里更美

五月热浪翻滚
我看见石头上的闪引燃了沉寂许久的灯
再一次照亮人类和故园
我看见一个老人用金属击打麦浪
我听到急促的心跳和呼吸撞击着大地
那么多刀刃要打多少次闪才能把路途照亮
要裁下多少朝霞和晚霞
才能把我们带至幸福山顶
看一朵花轻轻擦掉忧伤

没有什么比一把刀看好的收割更美
为收割续上整座寺庙的香火
一块石头的骨头总有一天会磨亮刀刃的荣耀
年复一年，给我无畏无惧的信心和勇气
给我多于苦难的祝福

黑出现了，灯就出现了

黑夜出现的时候
灯也出现了
黑是灯喜欢的美食
如同庄稼喜爱肥料
灯吃掉了黑
自己虽不能长肉
周围却能长出更多的光
让世界变得跟以前不一样

灯一口吃不完黑夜
黑夜太强大
灯不急
灯一口吃不完
就一小口一小口
慢慢撕咬它
直到吃完为止
直到耗尽最后一滴血

因为灯的存在
更多的时候我们不惧怕黑夜
有伤痛也无所谓
当黑夜突然消失的时候
我们在早晨的露水里
等来日出的第一次拥抱
伤就好了

赴一场古人的约会

赴一场古人的约会，我遇到有学问的孔子
左手楚辞，右手离骚
那些古老的汉字历经时间的洗礼
骨头还没坍塌
我不知道哪一片竹简是我要攀登的山峰
我知道每一座山峰都有一块君子的骨头
上面落满干净的雪花
仿佛古时候的月亮
照耀版图清澈
让我在文明之地沉得更深

千年前的孔子
千年后还是孔子
孔子的弟子遍布各州
赴一场古人的约会
当一种精神被唤醒
你经常想起的总是故园
这是你扎根的地方
子宫和乳房在原地让爱再度蔓延

有骨头的人总会有高度
死了也会有令人仰望的高度
没有骨头的人爬着行走
怎么也遮不住身上的奴性
在不缺钱的地方有人缺少阅读
在不缺书店的地方有人成了法盲
赴一场古人的约会，你要沿着那些
离我们越来越远的脚印
学会怎样识别道路
再学会怎样识别人心
才配做一个谦谦君子
坐拥远方，河流与大地
固定更沉默的灵魂

轰的一声石头飞上天空

有一天石头想突然飞起来
把一种骨头的硬度抛给渴望有高度的人
石场的人有办法，给石头喂一种药面儿
石头就会如愿以偿
倏地飞上天，倏地回到地面

把自己变成一只飞鸟，投放到天空
石头获得自由和解放
是炸掉自己身体里的碉堡和监狱
用尖锐的羽毛触碰太阳的鼻尖
一天天快乐起来

生活中有许多沉重的东西压得人抬不起头
引燃身体里的炸药
你会发现生活和以前不一样了
新的高度诞生，石头越来越美

在沂蒙，那些在贫穷中活下来的人
身体里都是埋着石头和炸药的人
石头即使被炸碎了，也不能熄灭它对梦想的追求
如果你看见百花丛中有一片花朵是红色的
一定是一块石头在飞翔时迸发出来的血滴
它染红一小片朝霞的时候
原来是那么悲壮，那么安静和娇美

在大明湖边我喝了一口水

总有一些水在消失
一些水藏在更大的海里
让我看不见
寻找时更加思念

总希望有水从身边流过
觉察到我的存在
如果大明湖是一面镜子
我希望在镜子里看到我和善良人在一起
如果有一滴水
看到我那么需要被滋润
我就张开嘴唇，任水的波纹
在我的身体里奔涌而出

如果一些水执意要浇出一片草原
我会安静地让草覆盖
如果水里有一个女人的影子出现
此刻我更喜欢水
若水愿意收留我
我愿一直藏在水里做它忠实的奴仆
把荒凉和干枯当成必须的经历

在大明湖，我向水弯腰
我看见我在水中
没有丧失尊严和真诚
没有丧失活着的希望
就像一条鱼冒险周游一圈
又挣扎着回到熟悉的故乡
好像什么都没发生

晚上九点以后

过了冬，一天长一点点葱绿
这意味着寒流报复我们的意图
从战略上加强了攻势
为了应对来犯之敌我们不得不生起火炉
往火炉里添煤成了我必做的功课

这简单的事情做好也不易
生活告诉我们这要有足够的耐心和热情
为使炉火持续到早晨
每天晚上九点以后我往火炉里放一块新煤球
刚放上去的煤在先驱者上面
先驱者被烧成灰烬
留下照耀我们一生的遗言
不久还有更多的煤在我手里
一个个前仆后继

延长炉火就是延长生命的价值
一块煤拥抱另一块煤
就像一个人投入爱人的怀抱
雪看到屋里有光亮，有花朵开着
知道有人在这里生活
会在外面封闭了所有进山的路
火光中我想给一个国家的领袖写信
告诉他我们生活在这个国家很温暖
我也想给在另一个国度卖火柴的小女孩写信
告诉她，她把火柴给了那么多人
我想把她接到中国一起往火炉里添煤
我们烤着火，像一家人

从零开始

我喜欢从零开始
我的一切希望都在里面

我喜欢它是小小的句号
结束掉悲伤的一天
我喜欢它是旱季的雨点
把一座水库砸到小草头上
我喜欢它是白天的太阳
夜晚的月亮
我喜欢它是一棵树的年轮
守着爱情站一百年
一百个零里站着一棵参天大树
会有多少滋生的根须
替我爱着大地、泉水和村庄

我喜欢它是一粒种子的墓地
从这里结束 再从这里萌芽
我喜欢它是一只车轮
从一个地方到另一个地方
在途中我遇到的所有不幸
都会在黑夜的尽头和我挥泪而别

山上

有人在山上捉鸟
一整天山上鸦雀无声
一整天和一夜差不多
它们被装进黑乎乎的口袋
不知要被带到哪里

一座山丢失了许多鸟
它引以为豪的高度
仿佛被人拆掉了肋骨
一下子矮了许多

山上黑夜漫长
黑夜的腿伸到远方
远方痛苦漫长
黑夜长出刀子
它不属于英雄
也不属于王者
如果我痛恨
它就是一座山全部的泪水

玩火

不是每一根火柴都不懂得爱惜自己
当黑夜出现，它们出现了
当黎明和太阳出现的时候
它们熄灭了

火柴是个宝贝
喜欢它的人实在太多
过去我玩火的时候
火柴相当于童话世界中戴红帽子的小孩
时常约它出来玩
现在不和它玩了
我怕不小心玩出一场火灾

我们的温暖来自火的照耀
它的风险系数也很高
古代州官放火不让百姓点灯
有人放火殃及池鱼
有人雪里送炭暖了雪中人
有人玩火自焚上了断头台
有的人照亮自己，已被多数人遗忘
为更多的人召唤出星星
有的人照亮别人，至今仍在光里活着
可见火不是随便玩的

落

人活着就几十年
像落日，一晃就沉下去了

到了时候，麦子和谷子
树上的果子和树叶都要落下来
再好看的花朵也有离开的一天
将被阳光一次次描述过的高尚
遗落在低矮的大地
你可知道，落有多美

死去的人都是落日
在磨刀石上磨刀的祖父
走着一条多长的收割路
才让麦地长出晃动的星星
他的头颅掉进墓地还向上仰起
仿佛有许多比我想象更美的东西
和我距离很近，等着被带走
垒高内心缺失的高度

这世上，再没有比落更沉重的词汇
唯有落能让这世界获得宁静
大地长出的一粒种子归还给大地
落也许是忍受分离，也许是再生

乌鸦

人们叫我乌鸦，我是自己的乌鸦
这么多年，我一直在黑暗中被诅咒
过去我给娘带来不安和阵痛
现在我的口袋里仍装着灾难和不祥
我身上的尘埃，在我选择了沉默很久
仍表现得十分安静

我是乌鸦，我的世界，我的宇宙
只剩这片夜色
那夜空的星星，以及亮在人心里的灯
不知这算不算拥有
黎明时分，我躲过一次黑夜的捆绑
却不知道下一个黑夜何时离开
黑夜像一所收容罪犯的监狱
多数时候却关押着蒙受不白之冤的善良人

黑夜究竟埋葬了谁
这么多年，我在黑夜中为奴
靠沧桑供养至今
我坚信诞生一定比毁灭更美好
我诅咒黑夜死到临头，祝好人躲过不祥
被我祝福的人获得短暂的快乐时光
加起来不如经受的苦难更漫长
我诅咒时间死了
可时间照样一天一天，一秒一秒
肆无忌惮地从我的黑夜经过

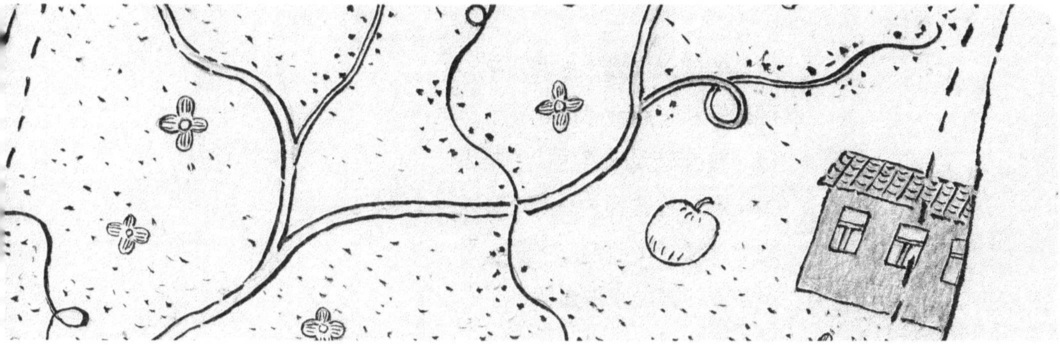

第21辑

故乡的人和事

每一粒沙子都是我的亲人

故乡的河水积满太多的沙子
那么多沙子用金子铺路
每一粒都是我一路寻找的亲人
多年前，我遇到放羊的小琴
她坐在沙滩上流泪的样子
多像一粒被河水洗过的沙子
她光滑清澈
一下子掀翻我内心疲倦的船只

故乡的每一个亲人都是一粒干净的沙子
这些沙子干净得让万物没有可比性
它们穿过时间的隧道来到这里
没人知道它们在想什么
它们很小，小得容易被遮蔽
容易被忽略
几乎没人知道它的疼痛

用汗水种河流
种波浪
用沙子种金子
我遇到每一粒沙子都是我敬仰的亲人
一粒沙子的灵魂藏着一座庞大的金库
不把自己变成沙子
你根本不知道金子是怎样种出来的

在一张纸上写下你的乳名

你的乳名在一个母亲的嘴里
喊了那么多年
它有泥土、草屑和炊烟的味道
夜晚，我在一张纸上铺下干净的月光
在洁白的床单上
开始写我的渴望

我写下细桃细毛
二丫三丫
我写下一条河和月亮在一起
写下一个母亲和婴儿在一起
写下露水抱紧花朵
写下一个母亲牵着羊在云朵上走过
脚印里长出善良的星星
照亮故乡清澈

我在一天晚上写到灯
写到灯在一张纸上照亮雪
写到灯灭的时候
娘在雪山上老了
写着写着，写下雪的孩子
在泉水里长大了
寂静中唯独不见我

让这片寂静，柔软的月色
成为你的故乡
我藏在一棵树的背后
写我等你归来
突然吓你一跳
让你朝我怀里扑来
压住我要跳出来的心

遇见自己吓了一跳

平时很少照镜子
我觉得对自己非常熟悉
不需要天天见面
一日和朋友聚会，朋友为我照相
我遇到我孤零零站在照片里
吓了一跳

黄昏降临
我看见我站在暮色中
头顶雪花
一群仙鹤围着我
其中一只率先唱起挽歌

这么多年，我赞美过的青春和爱情
一样没留住
守着许多未来得及做完的事
未来得及更正的错误
我看见我老了
样子有点可怜
满头雪和我以前写过的祖父祖母一样白
原来老这么容易

我是一棵树的孩子

告诉你
我是一棵树生下的小树
因为树
我们的生活拥有太多的浓荫
生我的母亲
她把绿色吹给了我
我却给了她苍老和枯萎

保持站姿
站到该站的位置
一棵树的年轮光芒四射
所有走过的路都成了光的引导

一棵树的叮咛
一辈子都在教我们学习做树
一棵树诞生了我
一棵树上的花朵
在我很小的时候就把印章一样鲜红的唇印
印到我流过泪痕的腮畔上
让我在故乡
成了一棵树的亲骨肉

微弱的虫鸣

一只昆虫被草遮挡
哭和笑
都很微弱
你不把耳朵贴在草尖上
听不清它们内心
埋藏着一场多么浩大的安静

没有什么惊天动地的声音
生活只需用轻微的叹息
证明自己的真实存在
太阳照过来的时候
它们躺在草尖上晒太阳
有时太阳照不到它们
它们就躲在草丛里
任风吹，任时光在草身上
低头又抬头

这么多年过去了
我的亲人在虫的世界生活
痛苦的时候也不愿大声表达
他们保持了虫子的心态
对想要的东西不过分争夺
也不放弃
更多的时候是保持沉默

墓地是我崇拜的大山

故乡有我搬动的石头
也有我搬不动的石头
我搬动的在墙上
它们围成了家园
让我一直住到今天

我搬不动的从高空掉下来
把大地砸了个坑
有人叫它们墓地
它们头颅高昂
多少年都不腐朽
如果每一座墓地都是台阶
途中我们会遇到祖母和她的姐妹
在花朵上专注缝制锦袍

我崇拜的故乡
多年来一直被石头压着
甚至想抬一下头都难
它们让神在香火里活着
神却不能让它们在香火中
看到下一个悲剧什么时候结束

咀嚼一棵小草

我说的草一只羊嚼过
一头牛嚼过
我也嚼过
我说的草没有树高大
甚至风一吹就倒
它们活着
给故乡带来许多希望
一只小羊嚼着嚼着长大了
在小羊眼里，每一棵草都是草原

在故乡，我是被春天召唤的孩子
有一回我爬到树上摘树叶
我用指尖弹它的脑壳
玩够了，我把它放到嘴里
就嚼出了水

草是最容易接近的春天
在故乡，每一棵草都流着细长的河水
有一回放羊，我左手摘了一片狗奶子
右手摘了一片野荠菜
我嚼碎了它们
被嚼碎的春天掉到我肚子里
我掉到大海中央
我看见我的前身是一个婴儿
不得不承认我是草汁喂大的

第22辑

一棵树的浓荫压到我们身上，

我们在树下站成了人类

在树叶上写一封信寄给渴望收到春天的人

把好时光寄给大家
整个春天树在写信
一棵树在写
一片树在写
树在树的语言里
向每一个人送去诚挚的问候和祝福

这个国家的人都有一棵树的脊梁
把春风寄到这个民族身上
把阳光寄到这个民族身上
把鸟鸣和雨水寄到这个民族身上
一棵树收到另一棵树的来信
都会在一封信的开口处打开这个国家的太阳
在照耀中眺望一方水土的尊严

一场风吹掉了许多树叶
它们面部发黄看起来比我更苍老
过不了多久树叶会全部掉光
只剩下树枝在向过路人招手
仿佛在打听一封信怎样开头

一个自由的民族和幸福的国度
才会有快乐和歌唱
我希望有一封是寄给我的
一片树叶从天而降
把浩大的春天砸到我身上
我相信它有一张青春的脸
总有一天会在抬头的时候让我看见

故乡的树

一棵好树跟一个好女人差不多
在故乡，那些好树
一棵一棵都有过最好的春天
它们开花结果，样子越来越好看

这些树在通往秋天的路上
被果实压得跑不动了
如果太阳还和以前那么好
它们一定会穿着朝霞的衣裳
做光的女儿，继续散发劳动的芬芳
如果下雨，它身上的火苗也不会马上熄灭
被风吹倒了，年轮里也缠着一条彩虹路
像挽着河水的波浪
一棵树流过的血，可以带走一条鱼的寂寞

树不会逃离故乡
正直与忠诚，勤劳与善良
教它学会坚守
它挺拔的脊梁参与了一场翻身得解放的战争
你知道幸福来得有多早
却不知道藏在年轮里的路有多远
一只鞋子的远方，跟长征路一样弯曲
途中隐伏着怎样的身世和前程
树从未给人说起过

那些树

我所认识的树
桃树枣树栗树杨树柳树梧桐和榆树
像我认识的狗蛋铁蛋铁锁金锁银锁一样熟悉

做好汉不做孬种
活着给人依靠和希望
倒下给好人做棺材
树一辈子在原地转圈，雕塑年轮
所有走过的路，仿佛要把全部的爱
绕在朝霞和晚霞的光芒中
任飞鸟和虫鸣，在一棵树附近
制造小小的快乐，忘掉所有的忧伤

树一生只在一个地方站着
被风吹，被雨淋
上演着一个家族的苦难和兴旺
树用树的语言向我们讲述被它视为全部的信仰
生和死都在同一个坑里

没有比树更高的春天
亲吻一个春天可以获得另一个春天
树昭示着一个季节的开端
它的崛起可以平息坍塌带来的恐慌
在树身边，我不能证明我不是一棵树的孩子
就像一条河，不能证明鱼不是水亲生
那些树是风吹不倒的故乡
藏在它身体里的炊烟
在苍老的大地上已陪伴我多年

一棵树在年轮里跑累了

上了年岁的祖父，每天固执地走在田埂上
伸出树枝一样干枯的手抚摸麦子
一棵树不再关心未来有多远
所有的路快要走完了
他担心下雨的时候太阳会不会跌倒在路上
途中搬运的蚂蚁能不能躲开命运的戏弄
在露水里梳头的麦子会不会被收割一生一世爱着
采野花的二丫会不会被草丛里的蛇追得跑丢了鞋子
扑到他怀里伤心地哭

把一颗年轮的烈日，植入历史的疼痛中
一棵树在年轮里跑得很慢
现在他想让时间把自己追成一座山
离到达一间漆黑的屋子还有一段距离
他要好好看看陪了自己一辈子的庄稼
看着奔跑的火车离自己越来越远
他越来越像一只变小的蜗牛
蛰伏在我们经过的路上，一句话不说
比落日的下滑更加沉默

在自己的身体里栽一棵树

我突然想在身体里栽一棵树
让树陪着我变老
在围里村，娘是另一棵树
娘身上的树叶差不多快掉光了
这么多年，她承载着一个家族的苦难
大树底下应该有一棵春风吹又生的小树
把芬芳的花香吹到她身上

娘身体里有一个年轮
有一盏旧灯盏，一直在路上照耀我
今天快熄灭了
她好像有许多话要对我说

在自己的身体里栽一棵树
等于把一棵树的胸怀和思想，加到自己的名下
把一棵树栽到河水边，栽到有阳光的地方
树长，我也长

超不过一棵树的高度
沉进一棵树的深度也行
树上筑一个鸟巢
里面铺满稻草和羽毛
我要为娘开出桃花朵朵，放入她昏花的左眼和右眼
如果树还小，我就一直让它长在体内
看一只鸟打食归来，我张开嘴唇
展开一个婴儿对一粒食物或一滴水的想象
我相信有一棵树，结出秋天的果实
一定会在原地等我，把一颗最亮的星辰
植入黑夜般的眼眶，上下眼皮一碰
我从树叶上苏醒，爱上早晨

原地奔走的树

守望家园，我们不如一棵树
我们会逃离，树不会
树一生只爱一个地方
它一下长不高
就在原来的地方，慢慢长
让风不停地晃，散发时光的芬芳

站在大地上，树会老
一些要长出年轮，日复一日
将故乡轻轻碾轧
一些要开成花朵
给未出世的婴儿留下满地芬芳
一些要长成棺材，收藏以前种树的人
让经过的人知道，最难离开的地方
在一棵树的根上

树在原地挖了一个坑
在乡愁里不停奔走的人
奉它为千年老家
从我出生那天起我就在树身边生活
那些大树领着小树，多像母亲和我

人必须回到树的位置
必须这样，任树叶消失于一个秋天的黄昏
萌芽于一个春天的早晨
那些安静的年轮，藏着我们无法触及的疼痛
一旦触及了，你就知道
一棵树为什么总是那么喜欢在春天里奔走

公路两边的树

汽车奔跑的时候，树已经在路上跑过
从一个春天跑到另一个春天
漫长的路如此遥远
除了树没有人能将它走完
树不说话，只是做好自己

一条路弯在年轮里
所有的树都在走
树用树叶遮蔽自己
在根上建起家园和寺庙
只有孤独和沉默知道
树为什么一生总是原地奔跑

树的出现让世界有了色彩
在人民的公路上，我觉得和树走在一起
每时每刻都是和亲人相见
我看见树叶转动着露水的眼睛
多想有一棵带我踏入思想的领地
从此爱上这些不会说话的生命

天空的拐杖能让春天的孩子
爬到树上亲吻明天的太阳
用年轮一遍遍碾轧照耀我们的烈日
只有树能将那些不真实的事物一遍遍否认
让我们挨着树，和树一样干净
看春天，不断从远处
朝我走来

被风推倒的墙砸在树上

每年都要刮几回大风把人往死里整
昨日又刮风了，被风推倒的墙砸在树上
树被砸断了头、脖子和胳膊
像抗战时期的入侵
树和石头的夹缝躺着一只死去的羊
嘴里还含着半截没来得及咽下的草
给树浇水的二婶被掉下来的石头砸断了腿
二叔背着她去医院的路上被风刮走了帽子
二婶腿上的血滴到小路上染红了花朵

最无辜的是嗷嗷待哺的雏鸟
它们还没睁开眼看看这世界是什么模样
还没长出抗击风雨的翅膀就被遗弃了
最难过的是鸟妈妈打食归来
还没把千辛万苦捡来的麦粒塞到婴儿的嘴里
就忍受着痛苦的分离

多少年我一直误会了树
认为所有的风都跟它有关
其实跟风和观风更可怕
历史上刮过钢铁风、共产风
风毁了一个时代的容颜
今天谁来收拾残局
不该吃低保的吃上低保
真正需要保护的人得不到保护
此刻坐在办公室喝茶的人
不知是否了解了发生在民间的真相

把一棵树扛下山

生活面临坍塌
祖父留下的老宅历经风雨侵蚀
需要修缮，需要父亲亲自出面
请一棵树下山

父亲的脊梁太像树了
一棵树去扛另一棵树
父亲的肩膀好像一块铁，要完成特大心愿
把鸟鸣和花香，放置在需要修补的故乡
一颗春天的心，隐藏下更多的想法

父亲扛着树，沿着上山的路下山
他脸憋得通红，像一座山布满了晚霞
父亲光着脊梁，露出和树一样苍老的树皮
整个春天的重量往下压
谁说这个扛树的人不比树高大
我们需要父亲的肩膀扛起生活
谁比一个父亲更像一棵树
谁比这个人更理解幸福和苦难

抱着一棵大树

我要去寻找一棵大树
过去我不止一次抱过它
今天我要再次回到它的怀里
任树叶上的鸟鸣
把最温暖、最熟悉的乡音
通过风吹遍我身体的各个部位

我不能给所有的药物找到生病的人
我能给所有生病的人提供一棵大树
母亲在树下浇花，妹妹赶着小羊从这儿经过
许多年我们在这里像树一样活着
多亏树没有让春天停下来
使我们丧失生活的自信

我们想要的大树已经给过
我们不想要的，大树从未强加给我们
有一天大部分树会倒下
随后一群人相继离开
直到又一群树陆续站起来
一个母亲路过树下，抱走了一个最小的孩子
随手掐了一朵花给这孩子当花园
我们谈论起幸福，自然会谈论起一棵树的伟大功勋

不管路途有多弯曲
树只选择最难走的年轮
沿途抒写比时间更慢的乡愁
在它面前，我们多么卑微和渺小

树的浓荫超过雨水

一片树林风一吹就绿
我在围里村的夜晚写下这样的诗行
树的浓荫超过雨水
这是比爱更浓郁的东西
我已与它立下誓言
这辈子都让它漂浮在我的身体里

有树的地方人和树差不多
我的祖父祖母，父亲和娘
在这里种麦割麦，磨刀劈柴
和树走着一条相同的路
春天，树长出茂密的头发
我看见风给树梳头
树的样子越来越美

秋天，树的头发开始脱落
我看见掉了头发的树苍白地站着
该放下的已经放下
也许什么都没放下
它只是在年轮里藏下我们看不见的远方
为太阳和月亮修筑漫长的跑道
以超乎人类的想象，一再修改我们
有意或无意犯下逃离和背叛的错误
使爱和真理世代永存

一棵会跑的树

如果一个女人是一棵树
她沿着马拉松的长度
一定是最早跑出黑夜和太阳见面的人
在奔跑中获得快乐
一棵树跑在时间前面成了春天的引导
从上一个春天跑到下一个春天
一棵树跑在沉默的脚印里
一些脚印被当成印章保存下来
一些脚印成了花朵开在路旁
她与远方签下生死文书
用慢慢枯萎的青春
捍卫空口无凭的君子协定

该消失的都将被光掩埋
该到来的都将在光中诞生
一棵树的身体里奔跑着火车
一个女人的青春在途中丢失了
那些沉默的脚印
延伸着一个女人和马拉松的故事
谁敢跑完爱的全程
谁获得快乐的次数
就和获得阳光的次数一样多

没有一棵树不想站着

没有一棵树想倒下
没有一棵树不想站着
一棵树一直站在原地
好像丢失了什么
一直在寻找
一直在等待

它一言不发
不担心会被风吹倒
只担心风吹不到
所有的树叶仿佛停止呼吸
听不到鸟鸣
在时间的皱纹里拨弄琴音
不敢仰望太阳经过我们

没有一棵树不想站着
树林外的你们
你们也不例外
愿你们比一棵树站得更好
你们造了一个正直的自己
就会拥有一个美好的未来
阻止腐朽的东西
引发一场疼痛的哽咽

一棵树看起来并没走多远的路

树会死吗，树不知道
离墓地有多远，离未来有多远
树知道在这世界开花或结果
做好自己，一直站着最重要

站在哪里都是站在通往春天的路上
一棵树看起来并没走多远的路
在不起眼的位置上
十年，二十年或更长
树一直以来总是留在原地
靠自己的严谨、执着和坚定
和那个看不见的远方
不期而遇

第23辑

只有故乡能给我带来前所未有的安慰

厄运

生活带给我们的不全都是好运
有时也携带厄运的惊雷
让我局促不安，惊慌失措
比如，我听到割麦的祖父突然晕倒了
盛大的世界突然开始倾斜
让我不知如何是好

我相信太阳总会升起
它偏偏总在一个人的泪水里掉下来
我相信生活把不幸带给我
是要让我变得比从前更盛大
沿着善良人的足迹，辨认人类的去向
我遇到苦难比幸福来得还早
仿佛寺庙倒塌
一颗要过好日子的心
在现场，一边被惊喜所迷恋
一边被灾难所欺凌

被夜幕遮挡的村庄

民间时常发生鼠患
黑暗中，一只老鼠对一粒粮食的占有
让我对村庄有了更深的了解
村庄，一个婴儿对乳房的不停撕咬
带走一个女人甜蜜的部分
剩下伟大的疼痛
让漫长的夜晚更宁静

小时候，我们在河边看月亮在水里漂浮
我们被水和光包围着
对一条河流的苦难一无所知
一个苍老的女人总是习惯仰起的头颅
何时被雪埋了
那些宽广的波浪有着怎样的宽度和深度
肤浅得我怎能一下说清

向命运宣战，那些形形色色的药瓶
每一个都装满了一条河流的苦难
它们一脸茫然
怎么猜也猜不出希望到达这个村庄的准确时间
我们运走了整条河流的爱供自己挥霍
多年后，当我们远走他乡
我们的影子却从未出过村子
有的爱上它刚获得不久的幸福
有的已深深爱上它的苦难

我的床是漂在水上的一条船

我是床上的一条鱼
我的床是漂在水上的一条船
我在水上漂了很久了
我想漂到你那儿
我睡着的时候，梦见明天太阳要来
我醒来的时候，看见一个女子带着她的花朵
在露水里开满朝霞
我在一首诗里称它为胭脂
但我不希望会有更多的人看到她
更不希望有人抢走她
她是我一个人的

我的春天在她那儿有两朵小花
隐身在羞涩的乳房上
它们还没有名字
它们在黑暗的路上
等了我很久

但它们只叫醒了我的忧伤
在我没有把黑夜睡死之前
幸福不会轻易相信我的誓言
因此有人驾船走向早晨
需从露水里经过
才会看到朝日的容颜

放进筛子里筛一筛

生活掺杂着太多的水分和杂质
应该一一筛掉
要不停地筛
不给杂质喘息的机会
像夜空保留着最好的星星和月亮
把光一点一点
漏到最底层的草身上
我们要把杂质从秘密的隐身地
一一分辨出来

细小的杂质多得像河流里的沙子
要不停地筛
我们才不会与不洁之物同流合污
甚至卷进惊涛骇浪
要不停地筛，我们的内心才会干净
才能保证高度的纯洁性
澄澈一条河，把月亮放进镜子里
照亮我从脚印里一步步归来

把我剩在多数人的集体里
剩在一盏识别道路和人心的灯身边
像露水剩在花朵至美的腮畔上
我需要最好的筛子，不停地筛我
我要模仿一只羊把自己放在草地上
过好干净的一生
我要留在干净的炊烟里
留在人民的粮食里
像多年前，一个婴儿剩在娘怀里
乳房是我一个人的，故乡是我一个人的
被爱留下的我多么幸福

突然想起一眼干枯的泉

大地瞎了一只眼睛
我丧失了许多水和星星
我看不见二丫从云朵上跑来
手里提着一只跑掉的鞋子和一串跟草一样绿的蚂蚱
坐在石头上为我唱歌
我看不见一只羊如何来到一棵草前
如何朝我炫耀它的白袍子
开满善良的花朵

看不见炊烟站在草垛上朝我挥手
看不见月亮藏在水里
把夜色洗得跟水一样清澈
记忆里的水离我越来越远
我想追上它
我看见我的鞋子
一只被月亮穿走，一只被风带走了
在通向月亮的小径上
笨手笨脚的蜗牛
酷似我在故乡行走
奔跑和走一样慢

只有故乡能带给我前所未有的安慰

村庄诞生了烟囱
烟囱下，一个母亲用世上最干净的水
在草席上诞生了我

在这里我看见有人割麦子，有人种玉米
有人放牛放羊放马
在一个个黄昏和早晨
各自做着自己喜欢的事情

一只鞋子走远了
另一只总想回
当有一天供养你的乳房
完全消失看不见
傍晚，跟随一条鱼回到澄澈的故乡
我看见月亮一遍遍照在水上
故乡带给我前所未有的安慰
跟鱼获得的水一样多
我不知道水在消失前有过怎样的经历
我知道一些水在我身体里
成了我忘不了的大海
我一离开，就有涛声喝住我

春秋

生为春，熟为秋
春秋就是想过好日子的人
将所有的不幸统统忘掉
把日子一天天过下去
过好，过到更好
绝不让泪水淹没一朵花的希望

就是人死了，墓地活着
就是黑夜死了，灯死了
太阳活着，活着的一切
都好好活着

就是花儿诞生下新娘
麦子诞生下儿子
沉默的大地，奴仆和王
都要在这里，慢慢经受时间的筛选
留下好名声

到老虎的眼睛里喝水

故乡石上有泉，曰老虎泉
在水边，我看见母亲慢慢变老
母亲拄着拐杖
早晨取一小半桶水分给辣椒茄子西红柿
豆角土豆和南瓜
如果还剩一些，分给西墙跟儿的梧桐和杨树
嚼了一天草的老牛和山羊，各得一份

一块石头的眼泪不是在诉说苦难
我喝过的每一滴水
都是故乡养在我身体里的老虎
它清澈着故乡的夜晚
我看见苦难离开时，幸福站在花朵上等我
是那么自信和执着

吸引我的潺潺水声
成了一个婴儿喝过世上最好的水
我爱它，它比乳房更值得我用舌尖和嘴唇
带你去见那些被鱼爱过的水
它藏着天空的星星，有一颗在我走过的路上
教我认识了善良，认识了那些被胸怀遮蔽的大海
它在我身体里是那么小

仰慕一只水罐

躲在阴影里的水罐，身上落满尘土
这里所有的水都被婴儿吸干了
被日子用过的水罐穿着一身旧衣裳
像躲藏在旧衣服下面的乳房
藏着爱我们的水
是那么羞涩，那么安静而神秘

面对一只陈旧的水罐
我无法判断它吞咽过多少次黑夜
开出过多少朵忧伤的野花
它的面部露出刀子的划痕
我无法预测一个被人高度赞美
又不断遭人毁灭的星球
在未来能存在多久

我知道下山的太阳会在一天早晨爬上山顶
照亮我们多年来一直没有放弃的敬仰
如果你跟我一样喜欢水罐
我愿和你一起掉进大海中央
送走昨天的水，安慰我们的今生
像一条鱼被水收留至今
我们怎敢轻言说出离开
否则我们都将无颜面对被故乡精心保管的一颗人头
它有时让我活着更痛苦
有时让我活着比昨天更幸福

钱币

有人赚到钱以为见到了上帝
有人历经千辛万苦
脸上写满失望、疲倦和沧桑
有人丢失了钱币保全了名声
有人上了断头台丧失了所有的本钱

在乡下老家，那些流泪流汗流血的农人
本应成为高贵的王，过上富足的生活
这么多年却一直过着简朴的日子
即使看不到生活的笑容
也不愿把良心出卖给钱币
钱啊，我和故乡的善良人一样想见你
偏偏你躲着不肯见我们
难道我们只配拥有苦难的矿藏
难道我们是你上辈子的仇人
这辈子是，下辈子还是？

我是穷人，没过过富人的日子
我知道穷人的日子富人一天也过不下去
穷人的世界有多辽阔
那里的一滴泪和一滴汗
都是富人无法抵达的大海
说到底，钱币就是富人和穷人打仗
就是生和死，在希望中谈一场漫长的恋爱

我的根埋在地下三尺

地上站着树，地下埋着根
树上有树叶、花朵和果实
有昆虫、鸟巢和搬运时光的蚂蚁
春天从这儿消失，也从这儿诞生
我的根在这里，天上飘浮的云彩
根长在泉水里
屋顶上起伏的炊烟
也长着一条很深的大根
谁都搬不动

我的村庄在根上
我的河流与高山在根上
我的娘亲在这里养育我
我喝过最好的水
来自两只盛满灯盏的乳房
它照亮我
不照亮自己的苦难

地下三尺有我祖宗
比海洋更深的苦难
比海洋更深的爱
在根上紧紧地缠绕我
我没有办法出逃，多年来
只能老老实实待在原地
拥抱一滴水给我带来大海的辽阔

我喝过的水掺杂着许多泪水和汗水
娘像矗立天空的烟囱
每天给我带来那么多春天的芬芳
有谁想过她穿旧了多少时光的衣裳
才让幸福在我们身边徘徊得最漫长

我将倒下被土埋掉

十年，二十年，或更长
我将倒下被土埋掉
得到和尚未得到的都将轻轻放下

跟着爹娘过生活
学放牛，学割草，学种植，学砍柴
学打水，学浇园
学怎样把眼泪滴到花朵上
藏起疼痛，点缀出
最美的风景安慰自己
学怎样把炉火吹红，怎样把炊烟升起来
让我在炊烟下站着更像人

我不能将倒下的时间设定得更长
如果倒下，如果有来生
我将长成土豆的模样
继续爱着凹凸不平的地球
如果那厚实的土地能萌芽出活人想要的春天
遮住人世的荒凉
我将安静地入睡，让小草替我站着

依附在大地上，春天年年从我身旁经过
看着被我认识已久的人类比我以前活得好
看着我被春风所爱
看着春风吹绿了一件又一件草的衣裳
幸福在花朵上开着未来
一些生命的离去，带动另一些生命的崛起
大地多么宽容，多么繁荣和安静

埋人的土

生命没有真正意义地离开
也没有真正意义地消失
若干年后，在这土地上生活的人
都将死去，被一堆黄土埋了
将经历的一切清零

埋人的土，过去埋过皇帝
皇帝是少数
所以黄土能轻易埋下
百姓是多数，埋不过来
埋下的骄傲地站立
更多的人剩在尘世
继续从事生生不息的种植和收割

埋人的土啊，掉入你的掌心甚好
在去大海的路上掉入河流甚好
一条鱼告诉我
大海的涛声是墓地抬高的
在亲人安睡的夜晚遇到古时候的灯
依旧亮着甚好
一盏灯告诉我的，我也会小声告诉你
土地长根，也安魂

一粒种子掉入更深的泥土甚好
一些开成昨天的花朵，灿烂历史
一些开成今天的花朵，点缀明天
我们因为爱过这土地
所以土地宽容并愿意收留我们
原谅我们的过去

活着就是不停地行走

我行走的时候
是我的脚搬着我的身体
还是我的身体搬着我的脚
大地一直和我纠缠不清

落日没有好办法能早一天把我带走
幸福和苦难总是结伴而行
路越来越远
墓地，未来都在争夺我
我搬着我，大地上的一切都在经历我
我无法说服时间停下来
也无法说服自己停下来

汗水珠

这来自劳动者身体里的汗水珠
每一滴都是大海的家
每一滴都是太阳的浴池
它的宽广能容下世上所有难容之事
那些滴在草尖上的汗滴
苏醒着春天和早晨
和露珠一样澄澈
我说不出它的年龄
它比荒凉更古老而伟大

拯救你逃出黑夜
让你有足够的力气行走天下
盛产农业和神话的土地
在苦涩中延伸着快乐
我看见那些汗珠来到早晨，映红朝霞
自豪和自信在大地上弥漫
歌唱了几千年的民谣
照耀了我们几千年的宝镜
在黑夜过完的时候
折射出一个人内心的光芒
我无法说服自己不爱它
更无法说服自己离开它
只好留在这片让人敬畏的土地上
虔诚地走着一条永远不会被雨水淋旧的耕耘路
任古老的山歌洗白家乡的月亮
在汗水的光芒里一遍遍升起

粮食的存在

世界盛大是因为有粮食支撑
它在地球上年复一年地耕种
多数总是和苦难相遇
人更多的时候像铁
就是粮食的存在
让人有了希望和等待

面对粮食，我想喊一声粮食万岁
翻过所有史书
历代皇帝都活不过它
它让小人更小
它让人活得更像人
你爱它，它就照亮你
你不爱它，它就吹灭你

幸福可以通过粮食来获得
粮食被种成了灯盏
它在父亲的身体里高悬太阳
在母亲的乳房里饱满着河水
所有的谎言都不能让我相信
苦难比粮食活得更漫长
它在老母亲孤独的皱纹里
陪伴时间走得更慢
是让我们在粮食的呼吸里
在新的一天
把昨天过得更陈旧

最低的尘世

在尘世活着，到处是粘人的泥土
只要你稍稍拿出几分情义
就能好好活下去
最低的尘世
它带给我宽广的爱
让我一生都喜欢这里

我的根在这里
这里有穿黄袍子的麦子
我尊称它为民间的帝王
这里有好看的豌豆花
朴素得和邻家的小妹一样标致
让人想娶回家把日子过得更好

这里有高过屋脊的参天大树
有欢快的鸟鸣
正在树叶上帮我洗掉曾经的苦难和忧伤
这里的山顶，亲人的头像高昂
是我看不够的照片
溪水清澈是我看不够的镜子
我看见我的童年
在云朵上跑丢了一只鞋子
我看见娘坐在月亮上抱着我的脚
像抱着一只小羊，在她怀里拱

这里每一棵树都经历过枯萎
想起我的祖母活成一棵大树
多么不容易
她拄着春天的拐杖
给我带来那么多美好时光
她苦涩的药碗飘荡着野花的芬芳
让我的脚一只站在白昼，一只留在晚上
从没想过把根拔出
把自己抛弃在离春天很远的路上

胎记

一种标记的诞生
在母亲腹中，就被血
被朝霞和烈火打上牢固的烙印

谁都偷不走，抢不去
之于祖国，之于疆域
任何时候，都会有人毫不犹豫
冒死捍卫
这从娘身上掉下的乡土

它的辽阔概括天空和大地
不能丢，只能在肉里长出根
拥抱无限的疆域和山河

那个在河水里奔跑的人
用浇灌爱我
她坐在我的身体里
用好听的声音喊我乳名
我要留在原地，看月亮送走了太阳
月下，我要游过河水去见她
把一个婴儿的嘴唇
印在她额头上

五月农田色似金

五月，我们热爱的麦子
辽阔得和大海一样宽广
没有人不想跟随一条鱼
踩着河水的波浪
回到乳汁的源头
做一个娇小的婴儿

五月农田色似金
最美当数种田人
一颗颗心灵将它种植
一滴滴汗水将它洗亮
万贯家财不和你交换
灯燃烧掉了晚上
清晨，朝霞在花朵的腮畔上
用爱人的声音对我说
这遍地金黄是你一生花不尽的盘缠

大地啊，你用麦子饱满的乳房养育我
我想用项上人头捍卫你的爱
即使苦难感动不了时间
我也绝不想用眼泪
无辜伤害一棵比善良更真诚的麦子
看一朵野花在我眼前枯萎掉春天的容颜
留下比时间更慢的回忆

阵阵香风醉我心

五月，父亲在麦田烤肉钓鱼
母亲在麦田织网打鱼
五月溢满被阳光烤熟的肉香和汗水的芬芳
比任何时候都热烈

是要把整个村庄都吹亮吗
是要把每一朵花都吹香吗
是要把每一座山都吹成香山
每一条河都吹成香河
还是要把一个国家的历史
吹出耀眼的波浪
摧毁腐朽的一切

五月农田起香风
阵阵香风醉我心
眼前的这一切多么美啊
为了镀金，你沐浴烈火把自己炼成钢铁
为了扔掉昨天你穿上风的鞋子
不知疲倦奔跑在被善良确认的收割路上

苦难的日子就要过去
幸福的日子就要来临
阵阵香风，你要把我吹到哪里
这一刻，你温暖的胸怀多么辽阔
星星回到天空
鱼儿回到大海
我不知幸福离我多远
却知道麦子都变成大海里的灯盏

豆角秧儿爬上墙

八十余岁的老母亲身子骨还算硬朗
还能干一些力所能及的活
把种植经营得利利落落，有模有样
开春，善良了一辈子的母亲
把稍微有些隆起的驼背
搬到一堵墙下
把一包散发着自己体温的豆角种
埋在阳光和春天都愿意经过的墙下
耐心守候
不久，豆角秧儿爬上墙
像河水抬起的波浪
从此平坦的世道
梦想开始一天天长高
平凡人的经历
被太多苍翠的东西轻轻遮蔽
谁会在意秋后的枯萎

种花生之日

春日来临
我哪里都不能去
种花生之日
我只能种花生
我只在我的地盘
种万盏灯
装点江山

整个早上，我披着霞光
立于土地
种花生之日
我带着光
弯腰
向土地致敬

落日下沉
我要赶在天黑之前
为它们点亮星星
这世上，除了花生
谁有魅力让我挚爱一生

我有太多眼泪
在花朵上不肯离去
当我死时
你会听到花生落地
声音很小
但是你能确认
我是掉在大地上

我请你吃土豆

土豆口碑好
土豆长在泥里已经很标致
长成月亮的模样
村庄在光里想得更远

我请你吃土豆
你不知道它赤裸着沐浴有多美
一轮明月，从水上一点一点升高
我请你结识了天底下最善良的姑娘
你还有什么理由
拒绝土豆来到我们身边安营扎寨
给你指认谁是敌人，谁是朋友

土豆埋在土里
你和土豆比邻而居多么有福
你花掉了所有银子种土豆
土豆让你成了最富有的穷人
我们要异口同声感谢土豆
感谢它睡在大地上没有被黑夜睡死
它圆了我们的梦
生出土豆爱上白昼和太阳
为天不亮就起床干活的人
照亮通向花园的路径
我请你吃土豆，是请你和最亲的人一起
同赴世上最朴素而豪华的精神盛宴

旧鞋子

在一个地方待久了
鞋子总想带我出去看看
把过去的我带到远离今天
把今天的我带到黑夜和早晨的交汇点
和刚翻身下床的朝日挥手致意

走了很远的路
如今鞋子旧了
鞋子流失了许多脚印
一脸疲倦，仿佛快要死了

寻找一个新的开始
在通向早晨的路上
鞋子知道我想看到什么
把自己变得快乐一点
鞋子从不说起自己经历的苦难
这点有些像我

到前边，唤醒睡在花园里的春天
开出无数朵至美的花儿
旧鞋子，它不遗弃我
我愿一直跟着它
直到它在某一天，某一个地方
抛弃了我

乡下的红薯

红薯们一跑进秋天
旷野顿时一下子安静下来
它们身上天性的善良
不紧不慢升腾着温和的火苗
流淌着掺杂着朝霞和野花的芬芳
让我们在沉默的时间里看到了生活的希望

带我们逃离出苦海
胭脂一样红的红薯
仿佛被爱情和幸福召唤的盖头
在它们身上你看到秋天要多美有多美
根本看不到苦难的存在

只有经受了黑夜的煎熬
才有把丧失的寻回的可能
只有天天想着太阳升起
太阳才会天天在你身上升起
和红薯一样，配得上朝霞的沐浴和占有

田埂偷听了我们的谈话

田埂，藏在绿油油的庄稼中间
它稍稍隆起大地微妙的脊梁
我们经常无意，不加遮掩地说起过日子的艰辛
说到大地难过时
满脸都是小声哭泣的露水
说到幸福和爱情，收割和收获
到处开满一直在等我们平安归来的花朵

它身在低处
仍裸露出高于山顶的脊背
它透露出天大的秘密
所有的苦难都难压塌希望
它藏匿着令我们一生花不完的金子和银子
到死也带不走
能留下来的躲过了命运

烟囱

烟囱也需要站得更高
它是一个母亲的大树
它把自己固定在屋顶
仿佛要结出许多好看的果实
让儿女们观看和采摘

看到烟囱的时候
就会忘记许多不快的事儿
看见炊烟升起
就会想起疼爱我们一生的娘
烟囱保持挺拔的姿态
河里的任何一个波浪
都具有爱的高度和宽度
任何一个波浪都能把落日带走
都能把早晨弹起来

它要流很多泪，和露珠一起
给飞鸟和鱼群讲述春天和大海
让时间在炊烟里朝我们欢快地流淌
我们在树下擦掉眼泪
获得想要的东西比丧失更多

一座山站在水里等我

小时候沂蒙山就长在我身体里
现在仍是我的庇护
一座山倒映水中
山上的飞鸟、兽类和草丛里的昆虫
它们是山和水共同的孩子
比我更爱故乡

祖父祖母在山上
父亲和娘在山上
羊群和民谣在山上
有人在山上种下干净的脚印
有人把落日种进墓地
一种荣耀，谁敢冒犯和玷污

一座山伤口无数
如果我是一只羊
我会沿着那些伤痕把春天找回来
还给在这里耗费一生的善良人
我会用舌尖和草谈一场漫长的恋爱
生下更多的草朝山顶走去
献给一座山伟大的高度

一座山站在水里等我
低下头，我已来到山顶
朝霞站在高处朝我挥手
至今我不敢从山上下来
更不敢从水中逃离

我是低着头仰望一座山的

祖先的头像在山上悬挂
一座山诞生了高度
他们中有我的祖父和祖母
我的亲人隐身山中，养马种树
以苦为乐，令山头骄傲

傍晚，经过山下水库
一座山倒映水中，竭力散发剩余的光芒
仿佛芬芳的果园被浓荫压塌
我低下头，看见我坐在云彩上
我想飘到一只小羊身旁
风却把我带到一个在暮色中背柴而归的女人面前
我看见被驱赶的落日离开她时一句话没说

一座山倒在水里仍然站着
我把仰望变成了俯视
仍然可以叫仰望
在一座山没倒塌之前，我
不能随意丢弃内心的崇拜和信仰
因为我是一座山的孩子
应该回到一棵树的位置
被春风吹醒
心满意足地做一个平凡人

致敬沂蒙山

这里一草一木都比你我有情
每一块石头都是英雄骨
这里，娘在泉水里给云朵梳妆
花朵在历史的血迹里绽放
红得那样娇美

一座山比时间更高，它和沉默一样漫长
在太阳还没升起来的时候
它能让夜晚慢慢停下脚步
把卑微的故事讲给一盏灯听

花朵和树枝插在鸟鸣里
阳光和波浪在山头上翻滚
一座山真正的高度从脊梁隆起
你一辈子都量不完
尊严在闪电中埋葬了晚上
早晨的人头在树枝上复活
我看见有一颗在父亲头上，一颗在母亲头上
它告诉我光荣和伟大始于创造

太阳落下的地方，依旧能看见太阳升起的地方
在这世上最高的地方
我看见桃花盛开掩埋了荒凉
一只蜗牛在石头上奔跑
我的致敬在一首诗里慢下来
把折磨当成幸福的体验

沂蒙山走不出我的视线

一座山站在原处并不太高
但世界都能看见它
眺望抬高了它，它不朽

一些草死，一些草萌芽
一些树被打成棺材
一些树死而复生
沂蒙人把一颗颗人头抛在这儿
足够在一天早晨吸引朝霞行至你身旁

沂蒙山走不出我的视线
在这里装儿子，装孙子
总比声名狼藉
出卖良心的小人好更多

山上没有海，山上墓地凸起
一些人头埋在这里成了落日的种子
成了最好的涛声
一座山走不出我的视线
那被涛声抚摸过，熟悉的一切
仿佛在等我慢慢经过
直到白昼结束，太阳一如既往升起
我在途中和花朵成为知己
和每一个渴望高度的人成为兄弟

没有比沂蒙更高的山

沂蒙山，骄傲地站立在星球上
藏龙卧虎已经很富足
寺庙寂静而旷达
让我沿着一根绳子
在好闻的香火中，在爹娘的路上
放下很多为你指认善良的脚印

沂蒙人的肩膀，能扛动大山
它有足够烧掉腐朽的烈焰
一直在途中朝更多的人闪亮
如果光不消失
如果挺拔在沂蒙人身上的大树不倒
春天就会年年来到这里
在年轮里，用落日砌墙
把希望砌得更高，更美好

风一直不停地吹
风把花香吹得到处都是
一只羊走过过去的伤口
搬得动一棵草的春天
搬不动一座山的重量
比沂蒙更高的山
每一层都是骨头铺成
每一层都比历史厚重

沂蒙河水照人影

沂蒙河水无比澄澈
澄澈得让人的影子钻进去
比一条听话的鱼更想知道
水为什么总是从高处流向低处
被越来越多的人占有和掠夺

这里河水可以拐弯
人心却不能
天不亮起床干活的人
割草的人，割麦的人
放羊的人
看自己在镜子里获得自己想要的
再不会觉得自己什么都没有

人应该有一条河
在河边栽一棵树
种一些草和一些花之类的东西
养一匹马和一只羊
和水相濡以沫
从此过上富足的日子
屋顶上，有阳光在不停地流动
证明春天在这里不死

沂河

有一条柔软之河
有人喝了它留下来
有人喝了它离开了
它流淌在时光隧道里
端坐云端的观音菩萨
在沐浴时弄香一河烟火
从此在这里婴儿诞生
牛羊和民谣一起诞生

女人的耳环闪亮
手镯闪亮
月亮坐在水上洗衣裳
把一只貌似小船的绣花鞋
沉入水底
从此年老的汉族母亲
身边围着花朵的女儿
纺织浇园，生生不息

谁配得上它的苦难
谁就有权利留下来
谁在一盏灯的叙述里睡死黑夜
谁就会在一天早晨到达它的身体
带走它最小的女儿

经过山中墓地

这是另一些群山
它们一律平静地站着
觉得自己并没离开
只是陷入寂寞之中
筑一座高台
实现把春天抬起来的愿望

这片隆起的大地
它用辽阔养育过我的生命
把我们带到一天早晨看太阳升起
这些埋在地下的落日
要做一颗好种子
一颗好种子要种一盏灯
在通向春天的路上照亮许多经过的人

经过山中墓地
一座座不倒的山挡在我面前
我坚信太阳会从山头上重新升起
在一座山还没倒塌之前
我绝不会逃离，另寻出路
一座山一刻也没停止争夺我
我不会把自己抛弃在荒凉之中
离爱和尊严指示的高度越来越远

红嫂的乳汁就是人类母亲的乳汁

人类母亲的乳汁就是大海
面朝大海，红嫂的乳汁
从未停息过奔流
在沂蒙，我们不知道一条河吞咽了多少人间悲苦
一定知道幸福源自哪里

在我们面前，就是那座谁也无法削平的大山
生命的潮汐，将一座山凝固成上升的波澜
它辽阔的内心藏着许多我们想要的春天
风从山上吹来
我将自己放置在一群羊中
我看见一只只羊穿着云朵的衣裳
被风吹掉了身上的尘埃
一座山的伤口忍住伤痛
我从一道道鞭痕里，看见彩虹飘浮
这座山比我想象得更高大

朝人类的心灵流去
沂蒙女人的额头比以前多了一些皱纹
流出身体里的血，染红那些春天里的花朵
装饰日趋澄澈的世界
没有什么能阻止它冲掉悲伤
在刚刚开花的山岭或河畔
我看见披着朝霞的花朵更善良
向命运宣战，它在我耳边只泄露了一点点忧伤
从不把埋在心里的苦难说出来

开在山顶上的小花

开在山顶上的小花
不开在别处
别处没有仰望的高度
没有尊严的光芒，照亮它
把一双绣花鞋放在春天的途中
留下善良的脚印
与沉默的心灵相匹配

一座山要有骨头才不会倒下
一座山要有高度
一朵朵花才愿意开到这里
朝山顶走去
一朵花要走多远的路
用多大的力气
才能到达理想的高处

触摸世界的高度
开在山顶上的小花
心里没有低处
每一朵小花披着朝霞
身体里的血怒吼着大海的涛声
在山顶，谁走近它
谁就会在太阳的镜子
看到最美的自己

沂蒙山是一枚巨大的鸟蛋

伟大的沂蒙山
它诞生了我

它一定是被一只鸟丢下的
它身上的羽毛，让我感到人世的温暖
过去我在它腹中四处奔走
四面都是春天的花朵
从那儿滴出的每一滴血，每一滴水
都是滴在我身上的故乡

一座山生育我时遭遇难产
一座山养育我时历经艰辛
一只鸟蛋破碎时留下一条夹缝
你和我从一滴乳汁领走自己的大海
却很少带走她的苦难

一座山给了我想要的泉水、粮食，以及野花和空气
我给了它加倍的掠夺，掏空了它的身体
一只鸟蛋近看是零，远看是月
那一泓清澈倒映着翠绿的山河
每一处都是脚印走过的出生地

高铁开进沂蒙山

把过旧的日子带出去
把更好的时光运回来
一座城，一个乡
一座山，一条河
需要一条纽带连接未来
更多人想抛弃历经多次的灾难和不祥
获得奔跑带来的快乐

奔跑总比停滞不前要好
高铁来了，一火车奔跑的激情
穿过黑夜漫长的阻拦来到秋天
从没坐过火车的娘，站在幸福山顶
手里握着金黄的谷子
布满皱纹的脸上丝毫不见失望和沮丧

高铁开进沂蒙山
沂蒙山所有的山头都是奔跑在原地的轮子
奔赴远方，追我们想要的生活
慢慢忘掉历史的疼痛和不适
我看见朝霞和晚霞开在亲人脸上
有一朵挂满露水
到达我时是那样慢

火车开走了
不久又回来了
仿佛娘身体里有一个巨大的车站
欢快的火车
要日夜从那儿经过

第25辑

一群羊穿着云朵的白袍子，和雪一样干净

跟在一只羊后面

有一种雪不是一开始就落在草地上
它落在羊身上
羊在草地上走
就是雪要在草地上把什么埋了
让我们远离黑夜
从露水的镜子里看到最干净的自己

羊身上的雪，只有羊才能匹配
必须相信，跟在一只羊后面
绝对不是跟着黑夜
是白要在脚印里，把我们的渴望
带到春天年年经过的路上
让更多的草和花儿认识自己

跟在一只羊后面
一定能饮到上好的水
甚至会看到沐浴的二丫
把自己的身体洗得跟月亮一样干净
让你在一天晚上把疲倦丢在羊留下的蹄印里
把舌尖放到容易够到的草尖上

娘用春天的草搓出一根春天的绳子拴着羊
我相信跟着羊一直往前走
前面一定会有村庄
那里遗落在草丛里的羊粪蛋
其实也能让你觅到善良的踪迹

山上的羊

给山围上云朵的头巾
二蛋和二丫赶着羊朝山顶走去
我看见羊走过悬崖
用舌尖晃动一棵草
并不担心掉下去
我看见二蛋和二丫在树后
不知二蛋耳语了什么
让二丫的脸蛋红得像天边的朝霞
引来五颜六色的蝴蝶围着她转
久久不愿离去

村里许多人不甘贫穷
去了山外的远方
二蛋和二丫决定留下来放羊
羊的队伍逐渐壮大
一群自由主义者在上山的路上
用脚印点亮了草地
用干净的雪装饰这座山富有尊严的高度
羊从没觉得悬崖多难走
从没觉得攀登有多辛苦

胭脂一样红的花朵年年春天开出来
羊用舌尖采集和收割
它带着太阳一样饱满的热情
沿着不可更改的道路
无畏无惧地穿过人类经过的低处和高处
那是我无法忘掉的善良
和雪一样干净
永不可能被玷污的高贵和清澈

羊圈

故乡有多少被羊占领的羊圈
嚼草之声接近于月亮在草尖上行走
脚步轻的使故乡显得异常安静
一天傍晚，我看见几朵故乡的云被风吹进羊圈
风吹掉了它们身上的尘
乡土越来越纯净

感谢羊圈让羊有了一个低矮的家
感谢羊在这里和另一只羊产生了爱情
生儿育女，把日子过得比羊毛还温暖
感谢另一个比羊圈大一点的羊圈
它诞生了我，养育了我
并且长久收留我

祖父端灯来添草
祖母披着月色剪羊毛
感谢羊圈把我藏在故乡
感谢母山羊让我遇到比河水更饱满的乳房
让我几十年一直以羊的身份占据这里

羊群是草地的孩子
羊长大了，羊圈里的老山羊越来越少
它们被岁月屠宰完了
一根疼爱的鞭子轻轻抽打在我身上
看不见的彩虹每日牵我出入这里
嚼着被我舌尖喜欢过多年的草和花朵
我在露水里触碰了一棵草的眼泪
在脚印里触碰了老山羊留下的钉子
落雪的羊圈，飘荡着故乡的云彩
它遮蔽着一颗温柔之心，比湖水更澄澈

上山放羊

山上开出花
羊觉得山才会好看
羊上山的时候草已经铺天盖地了
一棵草没吃完
羊又想着下一棵草

如果下雨山就会长
如果山是一个巨大的乳房
草和花都在乳房里
过去上山放羊的人很多
羊饿，人也饿

离开山，人和羊都活不好
草养大了它们
就是山养大了它们
山是它们的饭碗
不可以空着
于是羊经常来到这里
脖颈上的绳子牵着它
这是羊一生都要遵循的法则
多少年，你和我一直遵循着

山坡羊

上山的羊叫山羊
下山也这样叫
那些挂在半坡上的山羊
像乡村夜晚放过的旧电影
羊在一块白布上下了一场雪
风一吹
整座山都想飘下来

羊认识每一棵草
每一朵花羊都认识
羊天性的善良
支撑起一座山的尊严
你拿鞭子抽，甚至用刀子捅
羊都能忍

羊藏着一座山
如果一只羊跑丢了
你到山上去找
如果一朵云彩不见了
你到羊群里去找
善良照亮山岗
羊伸出被风吹红的舌尖
照亮收割
你侥幸杀死一只羊
也撼动不了一座山

把羊群赶到山上

在春天还没结束的时候
请跟我一起把羊群赶到山上
我要在羊群里下一场浩大的雪
盖在伤疤上
遮住丑陋，或一些难看的地方
下一把雪亮的刀子交给羊群秘密保管
黎明来临时，切除一座山的忧伤

这山叫围里村
是一个母亲生下我的地方
我要赶着羊群占领山头
教你认识一座山的尊严
在娘上山的路上铺上洁白的地毯
在她打水的井台上
教你认识一些最好的草
和一些最好的花
它们抱紧露水的样子多么安详

我要赶着羊群从云朵上经过
在娘的麦田放飞吉祥的天鹅
让她明年有个好收成
让雪在她的皱纹里化成奔跑的溪水
早晨或晚上，小羊争先恐后来舀水
那只年老的母羊诞生小羊时
在草地上流了很多血
后来，那血成了草地上的红花
点缀着充满希望的日子
那些蛰伏在腮畔上不愿离去的露水
仿佛在告诉我们
多年来，那只母羊躲过夜晚
却一直没躲过鞭子

羊吃奶

夜幕降临
羊儿们归到栅栏
小羊看上去不是太饱
也不太饿
在这样的晚上
能让月光顺着舌尖
流到自己身体里
小羊觉得跪下前蹄是应该的

泡在奶水里的乡土
被夜色遮住了忧伤
我在栅栏外
看一只小羊安静地吃奶
它离我那么近
让我在纯洁和善良带来的巨大惊喜面前
对另一条河流产生了想象与崇拜

跪乳

我一直认为藏在羊肚子底下的乳房是一座山
我一直认为一座山的高度是由羊来决定的
小羊跪下前蹄，山上全部的水
都是小羊自己的

我一直认为塞满河水的乳房
是藏在羊肚子底下的月亮
从此小羊要在适合自己的位置
用尊敬和崇拜，占有和捍卫这大好河山
在这里幸福地度过哺乳期

在河边跪下饮水的人跟小羊差不多
如果我喜欢
我也会模仿一只羊跪下来
跪下更小，更容易被水浇灌
结识更多的草
用大面积春天遮蔽我
从此远离荒芜之境

羊目前的生存状况

羊看到草
吃一口，赶紧再吃一口
羊觉得在自己一亩二分地
有草吃就知足
能吃饱就高兴

近年来羊的日子不好过
原因是一群羊的周围
植被遭到毁灭性的破坏
粮草一直减

先是砍树的人带走了树
雨水带走了泥土
再后来是违章建筑的插足
羊的饭碗变小
根本吃不饱

羊走投无路
羊不想拿鸡蛋碰石头
睁一只眼闭一只眼
佯装不知
偶尔想提意见
也是轻微的呻吟几声
声音小得像蚊子
粗心的人根本听不见

一只羊的呻吟没人听得见

那个牵羊人来到羊圈
用血腥的双手抚摸羊头
拿草给羊吃
羊害怕
不得不表现出顺从的样子

杀羊人在前面走
羊在后面跟着
羊眼泪汪汪离开故乡
它走在途中
一句话不说
它不知道能不能活过今晚

它想走慢一点
可怕的绳子
在它脖子上越缠越紧
一只羊这样胆小地活着
它有气无力地呻吟
除了路边的小草
和一些带露水的野花
几乎没人听得见

一只羊放下了草原

清晨，屠宰场针对羊展开了血腥的场面
一只羊从远处
一个跟羊一样善良的村庄
无精打采地走出陈旧的羊圈
它顺口捡了一棵掉在地上的草
用忧伤的目光弹了弹上面的尘土
痛苦地咽下去
带着故乡的最后一顿饭
走向另一个村镇的屠宰场

一只羊的突然离开意味着什么
村里的善良人已经习惯了
没表示挽留
只是用眼睛打量了它一下
算作安慰，也算告别

在异乡，它的皮毛被展开
它的肠子弯曲着小河
一些还没来得及消化的草
以及还没排出的羊粪蛋
在狭窄的断裂处漂浮着
离故乡越来越远

一只羊把草原放下了
它眼角的泪滴
没有在一天早晨滴到草尖上
不知道明晃晃的刀子会在哪一个时辰放下
让它重回草原
它侧卧着的地方
流出一片殷红的血
成了明年的花朵

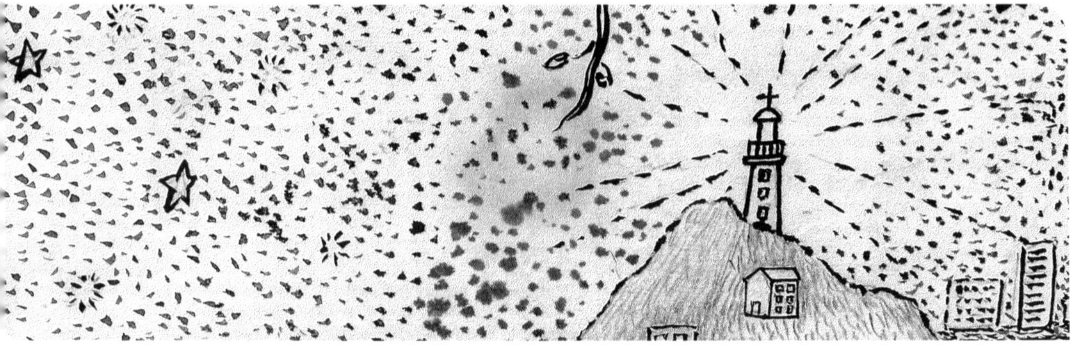

第26辑

深夜记录者在灯下蒸煮汉字

我和远方隔着一列火车的距离

火车跑得再快也不能让我忘了故乡
火车的轮子是火车的脚
它有两个远方，一个远得看不见
一个是我离开又想回的故乡

一列火车的梦想可以在路上延伸无限
但不可以在时间里停下来
把一个个苦闷的日子碾倒
给自己点亮一盏灯
数一数车轮滚落了多少落日
故乡就有多少朝日
每天早晨，在花朵的腮畔上等你

火车在哪儿奔跑都是跑在自己的祖国
我和远方隔着一列火车的距离
如果我能为故乡追回一朵云彩
我愿站在河边，看娘顶着它
澄澈得像一座尊严的大山
让水每天都有太多细密的波纹

爱在不停地拉动我
如果我能为故乡带回什么
我会在傍晚搬动落日
垒一堵墙接月亮回家
我会在早晨看娘升起炊烟
看娘安静地坐在树下喝粥
看她头上的落雪怎样埋掉黑夜
看她眼睛里的昨天怎样消失
丢掉我想丢掉的，留住我想留住的一切
火车在我的鞋子里藏着一些走出和没走出的脚印
每一只都在善良的路上，经受时间的洗涤
每一只都是我不断丢下又不断捡起的大地

我是杀人者

我埋伏在我身边多年
准备向我行刺
昨夜，我亲自杀掉了我
我把我捆在床上
我和我对话许久
终没问出什么名堂
我闭口不言
另一个我烦了
心想干脆杀掉算了

我曾走过弯路
本该离到达的地方越来越近
却越来越远
我曾在河边对花朵行使过暴力
我本该很干净地出现在镜子里
却回到尘埃
我辜负了一朵花的心愿
辜负了一只蝴蝶的春心
无意中伤害了愿意留在我身边的女人
幸福的花儿没有开进属于我的花园

手起刀落，我杀死了我
我本不该致死
我还是把我杀了
杀了更好，杀了一个旧的袁冬青
留下一个全新的我，在这世上
和我遇到的善良人一起做君子
杀人者肩负除暴安良的使命
比开向远方的野花，内心安静了许多

都是因为太小了

一只蟋蟀，没人知道它有多快乐
想唱就唱，想跳就跳
深爱着草丛中最绿的一部分
被它定义为爱情

一只蟋蟀，没人知道它的痛苦
这是在卫生间
一个用来洗澡的塑料盆
成了杀手和凶器
一只蟋蟀向往的和平年代
终止于一场悲剧

孤独痛苦饥饿挣扎
被高墙遮挡
第一现场的搏斗和厮杀
绝望和呐喊
我们已听不见
都是因为太小了
小得容易被忽略
容易被漏掉

铁仍然要打

一块铁在沉默，什么都不说
打铁人把它埋在火里
过分的热情把它烤得
比一朵花脸上的胭脂还红
打铁人不知道一块铁
为什么会脸红
是想到爱情，还是想到更让人脸红的事情
打铁人不知道一块铁沉默了那么久
肚子里到底藏着多少爱的话语
铁仍然要打才会自在，才会有价值
打铁人反复敲打，反复催问
铁耐着性子，任凭被触摸
就像恋爱中的女人
身体里流淌着火苗的体温
渴望早一天在相好的男人身上
流出一条有太阳和月亮的河
一点一点，照亮越来越勇敢顽强的生命

棺材

拗不过死尸纠缠
棺材出现了
每口棺材都是木头
迎接越来越多苍白的生命
入住幸福之家
所有的疾病，所有的苦难
利益，官位，已得到和尚未得到的
都要在棺材面前停下来
恢复前所未有的安静
在漫长的寂静中，渐渐忘掉
很久以前的事情
繁荣未来的棺材铺
小人和君子，侠客以及英雄
统统都要闭上眼睛
活成一把越来越轻的骨灰
给天下苍生让路

深夜记录者在灯下蒸煮汉字

深夜记录者睡不着
上眼皮和下眼皮决定言和
不再没完没了地争吵
使一些宝贵的东西在瞌睡中瞬间遗失
它们要敞开星球的大门
邀请各方代表旁听眼皮的重大谈判
关于行使蒸煮汉字的计划
今夜记录者无法安睡，骨头和血都睡不着
骨头要来到喜马拉雅山顶
血要沿着一条河约见旧情人
这离记录者很远
记录者要写一封史上最长的情书
他要找出爱情、春天、尊严、善良、信仰、理想、自由和真理
找出种植和收割，最后还要找出闪电和雨水
把这些朴素的汉语放在灯上蒸煮，放在脑海里蒸煮
放在血里蒸煮，使其发光散发芬芳
记录者名声在外，一些汉字还未蒸煮完毕
一个窃贼闻风而动
它在黑夜的锅里看见灯亮着，却什么都没找到
他耳语了一声穷鬼，接着又耳语了一声神经病
最后他带走了记录者的灯
记录者睡不着，贼睡不着
贼回头看了一下，灯又亮了
记录者蒸煮了那么多发光的汉字，灼热而滚烫
岂敢说熄灭就熄灭
最后记录者把他的人头蒸煮成太阳
放在一首诗的结尾
他知道有人会从这儿经过
此刻正是一天早晨

经久不息

我要再一次说到大海
救赎我的水空前盛大，空前辽阔
给一滴乳汁起个河水的名字
把一滴水一滴水加起来
变成大海送给我们
浩瀚之水连绵不断，经久不息

多年以前，我是水喂养的一条小鱼
我不相信水会把我淹死
我相信大海中央有一只船
日夜停靠在我身边
给我带来前所未有的安慰

大海越大，我越渺小
我听见大海的潮汐一遍一遍在喊我
我觉察到自己是大海的宠物
谢天谢地，这就是大海
她赐给我的每一滴水都是一个最小的海
那么多水纷纷争抢我
让我在世界某处活得比花朵更幸福
她无畏无惧，多数人却不知她经历了什么

在正确的时间里做自己喜欢的事情

一只鸟飞得更远或更高
选择成长的方向是正确的
一只鸟要回到鸟巢
把家放在羽毛里
在时间里慢慢流出火苗
把日子过得更暖
更像和平年代，安静绽放的花朵
所有美好的选择，都是正确的

一只鸟不主动犯错误
就永远是对的
大地和天空是如此宽阔
众鸟在古老的时间里
不顾生死，一直爱着飞翔
执着而永恒

在正确的时间里，谈一场生死之恋
一生追随自由的鸟儿
准备付出死亡
和欢愉的日子道别
这世间，还有很多比羽毛更干净的东西
要在时间中留下来
有很多比死更意味深长的东西
要经受种种考验，一如既往地爱着我们
毋庸置疑，飞翔仍是生命创造生命的传奇

和孤独打一场旷日持久的战争

我要向围剿我的敌人，大声宣战
来吧，来吧
我准备好了，要用一生来陪你
你用时间折磨我
我要用死亡抛弃你

我要用沉默
摧毁这人世的可耻
和孤独打一场旷日持久的战争
时间已经把我忘了一次
现在我要把它遗忘在我消失之前

像大旱之年，我的祖父和祖母
在皱纹一样细长的路上，和放火者相遇
火把草，把眉毛都烧焦了
苍老的面孔十分疲倦

只有忘我厮杀，遗弃了自己
才配得上雄霸战场
时间的伤口，只为染红一片殷红的花朵
献给和平年代
我要祝福我在历史里活着
对离我而去的女人说
不是我不爱你们
是你们的爱太辽阔
需要我用一生，慢慢到达

摸摸时间的皱纹

岁月挥舞着刀子乱砍
摸摸时间的皱纹
摸到石头你不要轻易扔掉
这些能擦出火星的石头
可能是一堵墙或是一座山的雏形
可能是一座城的崛起
或是一个古老村庄的苏醒

时间的皱纹奔走着白昼和夜晚
摸摸时间的皱纹
你摸到的可能是一滴泪
也可能是一滴乳
可能是一条河
也可能是波澜壮阔的海

摸摸时间的皱纹
我摸到 1963 年的我是一个婴儿
再往深处摸
我摸到我在大海腹中
从大海里游出来
在海绵一样软的乳房上停留
我摸到光滑的月亮，摸到幸福来临
却不知它来自伟大的苦难

祖母头上的雪山
祖父胡须里的草原
它们辽阔的爱
这辈子我都摸不到边

第27辑

草丛里低低的虫鸣让我听到一种隐隐的疼痛

一车草的分量是多少

秋天，草坐上马车
坐上马车的草
样子就像草
别的什么也不像

草紧挨着草
和爹的胡须一样细密
行使蔓延的权力
草只代表草的利益
年年被人收割

一车草的分量是多少
除了草民
几乎没人知道
它太小
是另一个可以被遮挡的大地

一车草的分量到底是多少
不好说
它是被阳光烤干的露水
离草地越远越估不出

炸山雀

鸟儿的春天不全都是幸福的歌声
猎捕者散布山雀肉质鲜嫩芬芳
鸟的厄运来了
在城市，我看见有人喜欢吃炸山雀
这些失去自由身的山雀
被诱骗，被囚禁
被拔毛，被蒸煮
被撕咬，绝望
瞬间枯萎了一座城

无知和不幸总是结伴而行
人的残酷入侵使更多的鸟儿失去家园
时间的路途不知遮挡着多少被隐瞒的真相
我说出这一件，树枝开始不停地颤抖
好像有什么要从高处掉下来
砸向我们

我们获得不该获得的眼泪太多
我们丧失不该丧失的快乐太多
恐慌和不安朝我们袭来
树枝上再无与春天相匹配的花朵
朝我们晃动山水
再无风朝我们吹送
让我们从花香里慢慢经过

豆腐渣

某地楼塌了
不久，某地桥塌了
死了许多人
那些豆腐渣落地时
把一把大锤抡到人们头上

人学会了做豆腐渣
豆腐渣学会杀人
没有人性的豆腐渣
穿着人的衣裳，说着人话
像披着羊皮的狼
貌似善良
权钱交易的真相
识别起来确实有难度
难就难在，豆腐渣
有一把糊涂的保护伞

钓竿

一直斜，斜在水上的钓竿
到下面是为了钓鱼
乡下鱼善良
被恶人欺负惯了
有冤屈也不说
鱼经常吃不饱肚子
饿怕了
所以容易被钓住

钓竿伸到水里
鱼看见美食
开始心动
乡下鱼生活在社会底层
遇到钓竿
还以为是河边的小树
下来考察民情
不由自主甘愿上钩

鱼还没长大就被钓走了
鱼挣扎
鱼想哭
鱼已经离开了水
什么话都说不出

零

将一切不良现象
从上往下一直减
减去一些贪官
减到零收尾的句号
减到零结构的牢笼
就会有更多的天文数字
从零的水泡消失

农民肩上的担子
一直减
减到零
零的功劳可就大了
零更像天上的那两个零
一个是太阳
一个是月亮

零的形状像鸡蛋
从零开始
老百姓天天有蛋吃
零多圆满

驴屎蛋子外面光

驴屎外面光滑
像鸡蛋，脏
在壳的里面
不打开看不见

大地草在减
一头驴每天要吃多少草
跟一个贪官每天要吞多少金银
不能相同看待
驴屎是草变的
也算干净
贪官掠夺的是人民的血汗
怎么遮掩都脏

驴是草养大的
草变的驴屎
知道自己是草变的
对于一个十恶不赦的贪官来说
忘记了人民的喂养
永远不知道
一棵诚实的草想说什么

墙头草

风握着鞭子
带着弓箭
从草身上走过
风不停地吹
草不低头活不成

东风压倒西风
西风压倒东风
没有人性的风
压倒草的今天
压不倒草的明天

也许明年有好日子过
为了明年
今年的草再累也忍
风停下来的时候
草直起身子
眺望使它看到了远方

放鞭炮

火药诞生了，鞭炮诞生了
火药缔造了一个国家的文明
传到今天成了辟邪的灵丹妙药
多年来一直在骗取人的信任
奠基放鞭炮，竣工放鞭炮
结婚放鞭炮，生小孩放鞭炮
考上大学放鞭炮，买回汽车放鞭炮
造墓放鞭炮，树碑放鞭炮
甚至黑老大从监狱出来也放鞭炮

昨天，我们炸塌了敌人的军火库
伟大的英雄诞生
一个民族的骨头达到了前所未有的高度和硬度
今天我们点着钞票，烧掉自己的血汗
从来没有人喊疼

鞭炮响过，空气中留下的硝烟
不知道还要等多久才会散尽
还要等多久，远在天边的春雷
才会滚到我们的骨头里
炸掉愚昧和腐朽，炸醒沉睡的春天

烧不完的纸

纸诞生了文明，纸的骨头
已让越来越多的人
触碰到文明的硬度
同时也让人触碰了它的软肋
使愚昧和无知有了几分顽劣

纸轿纸马纸牛纸钱
应有尽有
死者看不到
死者生前尚未得到的
死后收到一堆纸灰
生前清贫
死后发达
活人骗死人
死人已不会说话

有人从山上下来
背着债务上山
烧不完的纸
人让它有了顽强的生命力
几千年的文明脚印
在漫长的路上一遍遍发芽
都没遮住由来已久的孤寂和荒芜
它不是我要赞美的
却一直是离我最近的
它让我看到进步和文明
也让我目睹比纸更单薄的人
昏睡时不知黎明怎样抛弃了晚上

第28辑

不同的人有许多相似和不相似的地方

吃鱼的人

鱼把一条河固定在自己名下
等于把自由捆绑在自己身上

近年来吃鱼的人多起来
吃鱼人想吃到小河
在鱼身体里流动的芬芳
补充自己的营养
用牙齿说出自己对鱼的喜欢

吃鱼人不让鱼自由生存
鱼一天天减少
被减少的鱼带走鱼的呼吸
丧失使吃鱼人走进更长的旱季

吃玉米的人

种玉米的人就是吃玉米的人
吃玉米的人
吃着去年的玉米种今年的玉米
他们让汗水滴下
再顺杆往上爬
一个种地的不指望住到楼上
也想到高处眺望

玉米抬头
种玉米的人看到玉米抬头
就认为是自己抬头
仿佛又看到明年

要不是玉米好好站着
村庄肯定会发生倒塌事件
多年后那块玉米地不见了
那儿建起一座砖瓦厂，又废弃了
想想，糟蹋玉米的人
就是吃玉米长大的人

人是比蚂蚁大一点的蚂蚁

在蚂蚁的世界
蚂蚁因为小随时都可能被踩死
生下小蚂蚁
壮大自己的队伍
在渺小的位置上继续做蚂蚁
蚂蚁从不担心死在什么时候
什么地方

有一次，我看见密集的蚂蚁
乌云一样在树上集结
夜色中似乎隐藏着更多的星星
一只蚂蚁走了多少路没人知道
蚂蚁想什么没人知道
一只蚂蚁在草丛里死了
更不会有人知道
因为蚂蚁太小
容易被草所遮蔽

蚂蚁的队伍中
时常有英雄和君子诞生
它们饱尝更多雨水的苦
它们不说你不知道
活在尘世，人和蚂蚁没什么区别
唯一不同
人是比蚂蚁大一点的蚂蚁
仅此而已

烤火的人

冬天的火炉旁，娘在烤火
娘抱着我，娘的春天都给了我
自己什么都没留下
娘安静地坐着，让炉火
把干燥的身体烤得更干燥
仿佛娘才是真正的火炉

生命中还有许多没苏醒的地方
需要更多的干柴烈火
娘上山砍柴的时候手冻裂了
娘想烤出一棵树的花朵
让年轮里的太阳，先照亮更多的人
再照亮自己

许多年过去了
那些被烧掉的灰烬
烧掉了娘多少个美好的春天
一条解冻的河在我身体里奔跑
奔跑的血，只想带着怒放的花朵
开到给了我许多温暖的山上
让娘看一个笨拙的孩子
如今已学会砍柴

故乡的割草人

山上的草多得割不完
今年雨水多，悬崖上树底下石头窝里
就连往年不长草的荒场子
草密得能藏住人
丫丫割草的时候
狗蛋藏在草丛里偷窥她比草还要高的胸脯
吓得她跑丢了一只娘刚给做的蓝花布鞋

山上的草多得割不完
对牛，对羊都是值得庆祝的事情
想什么时候吃就什么时候吃
想吃几口就吃几口
对于放了学割草的孩子更是大好事
娘分配割一筐草的任务
玩到太阳落山也能割一大筐

春天的芬芳到处弥漫
在山上割草，割山上长出的春天
喂需要很多草才能长大的梦想
故乡的割草人把山当成亲戚
在山上他们才觉得自己有高度
在这里他们认识了更多的草
更多的野花，更多的露水和虫鸣
更重要的是他们看到了山外
不久丫丫和狗蛋合伙建起奶牛厂
牛吃的都是山上的草
草身价大增，上山割草的人多了
他们又多了一种身份，股民

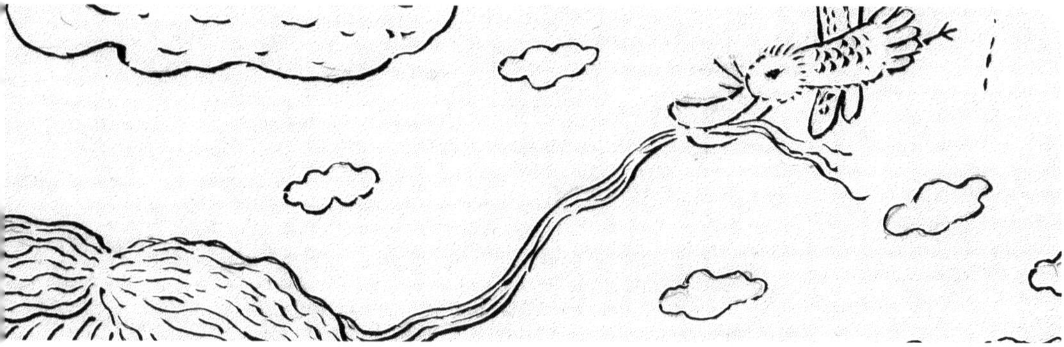

第29辑

被时间传唱的人远远超过我们的想象

神农给我们指认春天在不远的一棵草上

把苦留给自己
把草汁汇成大海送给我们
我们的祖先神农氏
带着他的愿望和梦想
走在荒凉的路上
为我们指认每一棵草
仿佛明媚的春光藏在每一棵草里
除了神农谁也没发现

在夜晚筛出星星
在脚印里埋下一盏通向早晨的灯
沿着神农的指引我们来到今天
在一朵花的腮畔附近
跟随爹娘喝粥
在炊烟里把日子过旧
再过新
被忽略的草成了牛羊的春天
被保留下的草成了我们更好的春天

现在牛羊有草吃已知足
我们活得更好已知足
神农走过的路离我们已远
他遇到的荒凉我们很难再遇到
教我们在分辨谷子和秕谷时
先学会分辨丑陋和善良
神农在伤口深耕垄亩
那里藏着带血的春天
它生生不息，养活天子和臣民
它是那么娇艳和凄美

想起女娲补天的故事

昨天，天空坍塌
如果不把天空补好
太阳会不会跑掉
黑夜会不会有人朝我们身上扔石头
雨水会不会没完没了地下
在一张疲倦的脸颊上留下惊骇的刀痕
把苦难抛给我们
吓退朝霞在一天早晨来到我们的腮畔上
熄灭人类渴盼已久的希望

将破损的地方恢复到一朵花的宁静
让更多的人知道完整的天空是怎样补好的
妈妈您给我讲女娲补天的故事
其实是在给我讲述您自己
就像我小时候衣裳破了，纽扣掉了
您用爱的布片给我缝补了一个天空
用星星给我缝了一颗最亮的纽扣
它照不亮妈妈的苦难
让不更事的我认为这都是应该的

只有修补好了天空和地球上所有的伤疤
安葬了所有黑暗的东西
快乐才会在一天早晨指给你看
太阳在人间行走，降下那么多吉祥的东西
让你在地球上不停地吟咏慈爱和善良

哭倒长城的女人，我想到你那儿

妈妈，在您之前
一个比您更苍老的女人
一个在炊烟里奔走过的女人
她的悲伤多于欢喜

心里有恨才能哭倒一堵墙
心里有爱才能感动一堵墙
哭倒一堵墙的女人，是这世界吃苦最多的女人
是流泪最多的女人，是最好的女人
最好的女人已经最好
能哭倒一堵墙更了不起

一堵墙被哭倒，另一堵墙站在女人的泪水里
只想长得更高，长成一棵大树披挂浓荫
让经过的人站在树下
慢慢采摘那些经过的时光

哭倒长城的女人，你的泪水摧毁了一堵墙
我想到你那儿触摸一下历史的硬度
我想确认一下，我们留在春天是你染过的第多少朵花儿
仿佛只有了解春天的疼痛
才能让一轮红日翻墙而过
照亮我们各自的家门

精卫给我们留下一个填不平的海

落日沉下去，朝日升起来
一个女人因为敢于填海
内心宽于大海

一个好女人就是要到大海里
在浪花上做一个更好的女人
流再多的眼泪也要做一个好女人
用比大海更辽阔的胸怀
包容更多的苦难
让幸福穿着朝霞的衣裳朝我们走来

一个用平凡创造神话的女人
一个用真诚、勤劳和勇敢创造伟大的女人
让我想起一个掌管烟火的农妇
她的眼泪比海水还要深
多少年，苦难和爱一直陪伴着我们
那些饱满而富有尊严的涛声
它跌落的我们已看不见
它抬升的仍在看着我们

Hans. Shippe

第30辑

临沭东临大海，

是太阳每天最早经过的地方

沭河古道

黄昏，我踏上古道
看见古时候的月亮坐在水上
云朵在水中晃动，夜色多么干净
草丛里虫鸣起伏
每一声都清澈得像露水要滴下来

一个国家的文明源于生命在古道上艰难地行走
一个善良的村庄源于一粒沙被清澈的心灵
在流失黑夜的路上
从一个水位到另一个水位
竖起新的高度
让太阳屈尊地拜倒
再更有尊严地仰起
带来前所未有的照耀

生活在河边，万物皆为鱼
鱼者，骨头里有刀
它劈开河水
所有的英雄都在这里诞生
那些长在民间的麦穗饱含河水
所有故去和未出生的都是它的孩子
它抬过官府的轿子
供养过进京赶考的书生

我在诗歌里讲述的河流已经老了
村庄已经老了，大树已经老了
剥苞米的奶奶已经老了，乳房已经老了
千年古道走过多少双草鞋和木屐
埋过多少饿死的弃婴
多少带血的足迹盖下鲜红的印章走远了
它们已被时间淹没
只剩下一些不愿落下的涛声
让人每天像羊那样带着温柔的赎罪
静静地倾听和仰望

临沭临水

云朵在树上晃，鱼在树上飞
太阳逆水而来
发现这里水好山好人好
故意走得很慢
让人在水中看它焚烧

河南岸是一个繁荣的服装市场
我在河边遇到来自乡下的姐妹
她们身上散发着一种劳动的美
使这座城泡在水里更清澈
河北岸是以人民的名义命名的医院
泡在水里的鱼拥有医保
呼吸里都有芬芳的花香飘过

再往北是人民政府所在地
为了亲民，修复鱼水情关系
早先的高墙大院已被拆掉
拆掉了石头的阻拦
太阳说来就来
不用再喊破嗓子敲门
从这儿进出的人身上都灌满了春风

一天傍晚，我在河边行走
看到水里长出许多灯
那灯照着一个卖青菜的老人
满脸尘埃多么干净
一种尊严的高度和亮度
让人民的城市有了无尽的春色和秋实

苍山

一座山的高度仅凭仰望还不够
解读它不仅要用眼睛
还需要用锥子一样尖锐的足尖
在翻山越岭的途中
抬着一颗心来到山上
在一只足掌里翻阅它的昨天
在另一只足掌里看它生生不息的照耀

把柴背下山
砍柴的樵夫走了多少路
才让火苗跟血一样红
采药的郎中尝过多少草
才让民间有了千古流传的药方
山中挖野菜的老妇人
是怎样挤干了乳汁才让溪水奔流的
在那山中埋着多少有刀刃的足掌
在那墓地埋着多少大树的骨头和年轮
不用心解读不知道山是怎样被削平的
不看看墓地不知道山是怎样在脊梁上拱起的

苍山啊，你一直站到今天
骨头里肯定有一些铁
有一种死亡的美
要为生者诞生闪电和星星
肯定有一只蝴蝶放慢了脚步
是要劝我在花朵的腮畔上留下来

埋着钻石的村庄

在我的家乡，泥土下埋着钻石
那钻石在心灵最深的地方隐藏
过很久会带着葡萄和月亮出来和人见面
那里的人都以纯朴为美
被遮蔽的心灵跟地下的钻石一样沉默
有人寻了一辈子却从没见过
有人一辈子埋头干活
钻石一辈子都在她心里

属于善良人的宝贝
贼天天惦记也偷不去
属于善良人的宝贝
属于善良人的苦难和疼痛
谁等到最后幸福就会属于谁

它在地下闪烁着奇异的光芒
如今要结束漂泊的生涯
在一个有月亮的晚上
跟一个命中注定的好人
回到五谷丰登的村庄
比钻石更美的村庄
露水们睁着钻石的眼睛
每一只都泊满了过往的船只
在吾乡，人和钻石的旷世之恋
证明了人的善良比钻石更贵重
只有时间能分得出

茂山恐龙足迹动物群遗址

一些生命的足迹消失了
另一些在石头上保存下来

这是在中国临沭，这是史前文明的摇篮
历史沿着恐龙的足迹狂奔
苍茫的旷野，一群恐龙正在被一种力量驱赶
灾难中的奔跑，那整片荒原成了恐龙最后的游乐场

把旧时光连同自己一起追没了
如今恐龙已不存在，恐龙足迹
寂静得像扎进石头上的钉子
陪伴每天的日出和日落
尖锐的光芒仿佛在向我们示意
又好像在等经过的人，突然停下说起从前

从前我是一个女人的未来
从现在起，我要以恐龙自居
追随恐龙的足迹
爱上一座山和一条河
我们不知道是谁造就了恐龙
又是谁毁灭了它
醒着的足迹选择在故乡留下来
早晨和黎明，在石头上展读血一样红的朝霞
照亮群山，照亮你和我
像另一只恐龙，在临沭大地复活
发出群山的召唤

隐藏在一个村庄里的兵工厂

1941年，八路军115师在临沭县玉山镇后湖子村建造兵工厂

兵工厂没诞生以前
春天还没来到这里
河岸上没有奔跑的花朵
跑过来亲我们的头和脸以及脖颈

自由被灌溉的时候
枪和子弹在骨头上诞生了
一群人在火里穿过
他们穿着朝霞和晚霞的衣裳
让嵌进骨头里的铁
长在一个村庄苏醒的地方是多么壮美

如今兵工厂已成废墟
幸福的人，你拥有的一切
是你未看到的血
它们流淌着闪电和火光
在和我们分离时
把头向上抬了一下成了我们仰望的山

精神的故乡永远触摸不够
带血的历史开过那么多好看的花
一只小羊伸出舌尖
它要在光芒的情义里
用欢喜说出内心的忧伤
让你看云朵在一只小羊纯洁的泪眼里
羞怯地沐浴
因为清澈而辽阔

汉斯希伯在临沭

1941 年 9 月 12 日，太平洋学会记者，德国共产党员汉斯希伯来到山东分局驻地，临沭县蛟龙湾。11 月 30 日在大青山战斗中牺牲。

远方一个母亲正在劫难中咀嚼苦涩的春天
远方灯火铺满中国
不踏上旅程丈量一下中国革命的道路
就不会知道中国大地上
为什么会有那么多披着烈火的人
在骨头上打铁

把心放到大海上，心比大海更辽阔
把心放在心灵里航行，心灵必将在水上留下语言和井
把一颗真诚的种子植入更深的泥土
在山东临沭一个叫蛟龙湾的村庄
汉斯希伯成了我们的好兄弟

在蛟龙湾朴素的草房里
一盏灯不是用来照耀我们的悲伤
那些死亡中的照耀，在闪电中奔跑的灵魂灿若萤火
他们要在一个个类似山头的墓地
为我们指认出太阳升起的最佳时间

太阳从一个山头落下
还会从另一个山头升起
把心中最美的花
从一块土地开到另一块土地
开到长满骨头的中国
一座山有了爱情就有了绽放
一座山有了高度就有了仰望

白柳之乡

有黑夜的地方一定有过月亮
有白柳的地方
月亮一定比黑夜更白
走进柳乡，我看见白
像云又像雪
风一吹，白到处都是

那么多雪把故乡埋了
每一朵雪都藏着一条干净的河
在河边，我看见刚刚睡醒的小鱼
用嘴呼吸了一下自由
死水便活了

到草原去，羊提着放不下的身世
在云朵上奔跑
羊用雪擦干净灯盏
认识了许多草
从此白柳之乡再无黑夜
只有光在人心里静静流淌

它洁白的手臂握着千年月光
它干净的心灵深埋矿藏
从现在起，我要学会编织
把故乡编成一个大花篮
先盛放欢叫的虫鸣
再盛放月亮的镜子
我要学会骑马，在一根绳子拴紧的爱中
深深迷恋一场大雪

临沭而居

在哪里住都在地球上
临沭而居
我认为是在大地母亲的心脏上
这里有山，山上有磨刀的石头
有英雄、马匹和战刀
这里有水，水里盛放着一个女人的子宫
她的血里开出善良的花朵
蝴蝶来过这里都要停下来安静地触摸
有人为她殉葬，成了花朵的知己
有人正在背叛，已被花朵所抛弃
来过的闪电都不愿抚摸他

爬到树上掏雀儿
被蜜蜂蛰得从树上掉下来的二蛋
砸了一个疼痛的坑在这里
梳着小辫，扎着红头绳
赶着羊群在河边饮水的二丫
笑出了眼泪滴在草尖上
半夜起来挑水的娘
丢了一只鞋子在路上
月亮给她守了一晚上

这里山水连绵，炊烟飘飘
伟大的种花人，伟大的种植和收割
我在你伟大的疼痛里居住至今
你给了我祖籍和姓氏
更早给了我一滴小于大海的水

临沭而居
有时我们也去远方
去了才知道，在我们身后
那些抱着年轮不松手的大树
才是我们舍命捍卫的江山

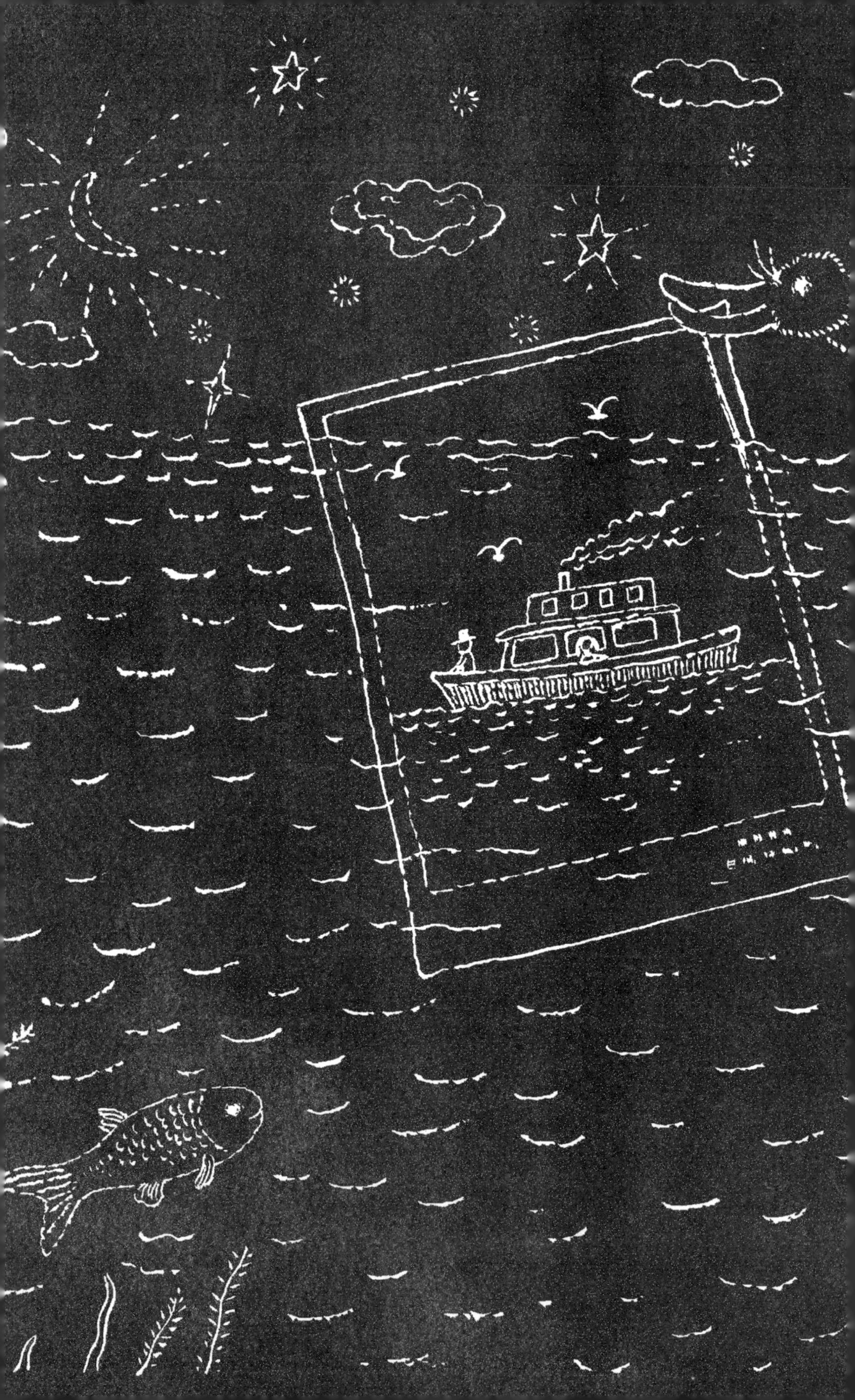

第31辑

围里村记事：

我在围里村所写下的并非我看到的生活的全部

它给我的每一份爱都浩如大海

秋天一个村民在村子里写诗

秋天，一个村民在村子里写诗
他的周围蚊子在集合
盗取他的血
他的血里有一种热情
能把秋天点着火
火光中他写下这样的诗句
秋天，人民的粮食穿着金黄的衣裳
王后和公主佩戴花朵
我的祖母和娘也在其中

他写到五十多年前，村子一个婴儿诞生
在一座雪白的山上
他看到月亮的乳房
河水潺潺，百花盛开
他还写下，一群老鼠
窃走了一个女人为婴儿熬粥的小米
女人的仓库倒塌
从此野草和野花让一个婴儿在草根上活下来

秋天，一个村民在村子里写诗
他写到五十年后，一个女人在皱纹里
把通往月亮的小径搓成一根细长的绳子
他把这根绳子写成上山的路
最后写到墓地
途中写到羊下山了
牵羊的那个人，在绳子的另一头
把一颗头颅种成喜马拉雅

顽强的玉米

夜里下了一场大雨
从地北头到地南头
玉米被压倒了一片
风不让它们抬头
它们匍匐在地，比草更低

玉米在挣扎
在坚持，在等待
更多的人在阅读它
模仿它，抬着头
仰望无边的天空

如果一棵玉米不倒下去
所有的玉米都会把希望扛在肩膀上
给你看最好的站姿
如果一棵玉米不抛弃生活
生活总有一天会把我们过得
比一朵花更年轻

一块地，有玉米站着
总比什么都没有要好
过了三天它们一个一个站起来了
像一个强大的民族，把伤痛留给历史
它们披着浓荫，带着它们的春天
走向一棵树的高度
它们是被光荣和自豪照耀过的
人民的粮食

掠夺和占有

五十多年，我掠夺了许多麦子
就像我小时候掠夺了许多奶水
那些水加起来比水库还大
那些麦子在我身体里
加起来超过一座山
它的高度、宽度和厚度
超过喜马拉雅

许多年前，祖父祖母
在这里安营扎寨
开荒种麦
我没出生的时候
娘把我藏在腹中
那里很黑
所有的苦难都看不见

那里，麦子长在土的肉里
乳汁流在血的河里
那里，所有的水都是奴仆
都在给未来的王做牛马
那里，王是一个还不会用眼睛看清世界的婴儿
他占据子宫，坐拥江山

谷子地

这是我们的谷子地
那些谷子穿着金黄的衣裳太金贵了
实在太美了
谷子抬头时，他们内心升腾着扑不灭的烈焰
在太阳落山的时候还是那么热烈

这是父亲和母亲共同的谷子地
母亲在谷地诞生了我
我是一粒谷子，另一个乳名叫婴儿
我吸过的乳汁跟谷子一样芬芳无比
它们在我身体里种下爱
让我以后行走各地
都觉得不如谷地更有安全感

我走过的路上除了谷子
没有什么能照亮我
我遇到的谷子它们爱我
心中没有恶念
给你看无法掩饰的真诚
谷子在善良人的心里举灯朝我挥舞
从此，走远的种谷人
成了怀念永远收不完的谷子

年年种，年年新
年年黄又黄

突如其来的洪水

日子总是掺杂着悲喜
那年我跟着娘去河边放牛
牛不慌不忙吃草
那么多草，牛一下子吃不完
吃不完就让草在那儿长着
自己碗里的菜什么时候吃都行

娘埋头割草
我在娘身边跟那些比我还小的草玩耍
我用一棵小草抽打大草
我还把草放到嘴里
直到嚼出草汁

玩了一会儿，我来到河边与一条鱼对视
我与一条鱼的交谈还没开始便结束了
突如其来的洪水
淹没了草地的宁静
娘一把抱起我
像一块木板拥抱着钉子
我们在牛背上被冲到另一个村庄
娘身体承受着多少痛苦的挤压
一枚钉子从来没想过
我尚未得到幸福的同意
已未通过死亡的批准
触碰了一个忧伤的雨季

拜访一座水库

明天，我决定去拜访一座水库
拜访先人的骨头如何被打成了刀
拜访先人的血如何开成了花朵
拜访收割路上的麦子
是如何一步步走到今天
拜访一盏灯怎样好言相劝
让苍穹的太阳一如既往照到这里

离我们很远的亲人
沉入历史的水中
他们干净的血和干净的魂
一直朝天空清澈
洗掉身上出现的尘埃
像鱼泡在水里
我要让水一直泡在我心里

我要跪下来，让我的一块骨头
像刚出生的婴儿，喝到第一口母乳
我要把一首歌谣唱出来
像出生不久的小牛
舔我的手指头一样
我要在漫长的时间里，让水库
一直是我在诗歌中反复吟唱的山河

十个袁冬青

我敢触摸花朵，让手
在它柔软光滑散着余香的身上
诞生下指纹
像拔不掉的钉子
钉住十个袁冬青的心

我有十个手指，十条河流和十种选择的道路
我有十只羊，十匹马和十个大草原
我有十棵树
每根树枝上各有十朵花和十个果子
分别是十个袁冬青
每个袁冬青都有十把镰刀和十亩麦田
它们都想把麦子种在一座山上
生出数不清的星星
做天空和大地的孩子

十个袁冬青
他们的力气加起来是一个村庄
苦难让他们学会忍受
沉默让他们学会沉默
善良让他们种出善良

燕子河

燕子河是围里村最大的水库
我的祖父和祖母埋在离这不远的地方
他们以前在这里放牧割草
领着我在草丛里捉蚂蚱
现在仍有人在水库边寻找
被这座水库所收藏的善良的身影
他们心灵的清澈能吓退黑夜
不敢面见太阳散发劳动的光芒

水库里的水几乎没有多大波浪
风吹来的时候只是稍微抬起头
并非想争什么荣誉或勋章
像稍稍抬起的墓地
证明沉默也是存在
这片水干净得让我不敢用诋毁和诽谤
玷污以清白立世的名声

像丢失了什么贵重的东西
我在水库边留下许多至诚的脚印
像在大海里找一根针
我在大海的肚子里找到原先的我
在一只乳房上哇哇大哭
如果一条鱼听懂了我的话语
如果这条鱼认同水库就是大海
它就是我的兄弟

一天傍晚，我从水库边经过
偷窥了放羊的二丫在水库沐浴的情景
要不是一只羊牵着我
差点被风推下去

围里村

傍晚，落日摇摇晃晃沉下去了
看似平静的村庄
它的一天还没结束
村外，一个女人在月下舀水
舀世上最清澈的水
倒进永远也喝不饱肚子的水缸
供我们饮用
剩下的分一些给牛羊
再分一些给二丫洗澡用
二丫肤色和月亮一样白
被泉水一泡整个村庄都清澈了

还剩一些水给祖父磨刀用
南大雁三亩半麦子熟了
多年来它们已经习惯了被收割
就像我们多年来习惯了被水养着
这个时候我想起了娘
而如果我忘记的话
她头上的雪就会拦住我
让我留在黑夜找不到回家的路
不知道被遮挡的苦难有多少
丧失的东西越来越多
仿佛丢弃了一座银矿

在围里村磨刀

围里村，一块冷却已久的磨刀石
老虎都啃不动的骨头
蛇都捆不住的腰身
被它下面的一条蚯蚓轻轻举起来

今天它有些兴奋
兴奋得几乎要跳起来
像遇到爱情的男人
血里升腾着火苗

今天终于有人来磨刀了
暂且不说他能不能成为英雄和杀手
他操刀砍在石头上
刮掉石头上的尘埃，砍出火星
足以说明他有种

那个人是我
磨一把所向披靡的刀
看看是闪快还是风快
我要做一个带刀护卫
跑到一列奔跑的火车前面
手起刀落，将西北岭和南大雁
那些着火的人头砍下来
秘密地放置在一个庞大的仓库里供着
梦见太阳，天空的人头
穿着血的衣裳给它们献花

我要骑在马上，挥舞着大刀
奔跑在各州各县为民除害
我要穿越到前朝的官府衙门
将一颗肮脏的人头砍下来悬于午门

我要翻山越岭，把一棵树的胳膊砍下来
给失明的奶奶做拐杖
让她拄着一棵树的春天
摘明年的花朵

在围里村收红薯

看啊，秋天的田野
红薯们穿上朝霞的衣裳
村子，人们的脸上
朝霞刚刚来过
一片燃着火苗的足迹多么好看

它们身陷土地，咬破身上的血
染红自己的名字
大地被照亮的时候
时间在它们身上留下阴暗的封印
我无法触及被遮蔽的伤口
它们把山河保存得如此完整
分明是古代的英雄和王者
灵魂不灭
要在这个秋天和星星一起走出黑夜

它们沿着乡村路不慌不忙地走着
太阳不慌不忙地照着
莫非它在寻找
谁才是佩戴王冠的主人

太阳就要落山了
它剩余的光芒在红薯身上继续着
这个夜晚，我在远离城市的乡村草房
吃一碗香甜的煮红薯
仿佛看到爱它们的人
无法改变命运和身世的父母亲
在田埂上，被风撕咬着

在围里村放牛

在围里村放牛就是每天和牛走一条相同的路
看它高兴地吃草，不慌不忙
把舌尖伸出来，放到小草头上

一朵野花开了那么久
牛再不来，野花就要哭了
野花低着头，故意装出生气的样子
脸上挂着淡淡的忧伤
这种忧伤，村里的男人和女人脸上都曾出现过
它蛰伏在皱纹里，甚至被尘埃遮挡
就像鞭痕被牛的皮毛包容着
不走近看不见

牛要到有草多的地方
把内心的话语说给草听
正如没有爱情日子会枯竭
在围里村放牛你要习惯被牛牵着
学会听懂牛的话语
不要抱怨生存艰难
你要把自己放在大地上暴晒
像把一块肉放在锅里蒸煮才会散发出芬芳
你要学会用放牧拥抱大地的苍茫和辽阔
医治难以忍受的疼痛

在围里村收花生

秋天走得越来越慢
乡村路铺满秋色
收花生的人，有的往田里去
有的往家赶
像蚂蚁，搬运越来越沉

我喜欢的秋色裹在亲人身上
风在他们身上吹都吹不掉
我喜欢的花生已经醒来
风中，我好像听到花生兄弟
下床开门的声音

太阳落山的时候留了一道门缝
我从门缝看到，父亲抱着花生
母亲也抱着花生
像抱着刚出世的婴儿
许多年前，我就这样
也在他们怀里

青島

第32辑

在青岛，时间遇到我走得更慢

在青岛大学给钢管刷油漆

在劳务市场我被包工头带到青大
用油漆给那些快要生锈的钢管做标记
我挨着钢管坐下
我看见那些为青大默默奉献青春和力量的钢管
它们在慢慢变老和我一样陈旧

那些旧钢管，青春生锈了
样子有点难看
它们到过世界的顶端
和春天一起慢慢长高
它们骄傲自己是金属的孩子
骨头里每日都有涛声响起
碰撞这世界最配得上自己内心的东西

给钢管穿上好看的新衣裳
让生活永葆青春的容颜
一根钢管的伤疤藏着昨日的疼痛
看上去疲倦极了
理想和信念，向往和梦想
却一直在骨头里亮如灯盏
光中，我听见大海敲击金属的声音
涌起不知疲倦的海潮
从上一轮复苏到下一轮复苏
让我决心把陈旧的我藏起来
给你看一块骨头带来某种意义的改变
证明我是大海所生的最诚实的孩子

在青岛

在青岛，我每天早晨在东南山社区门口
吃两根油条，一个鸡蛋
另外再加一碗豆腐脑
然后去市场等待被挑剔
多数时候我总是被剩下
剩在青岛不被注意的角落
尿急时不知道去哪里排解小便

在青岛，如果我虚构的春天
开满粉红色的花朵
我愿在它迷人的腮畔上留下朝霞的唇印
证明我爱它

在青岛，我被水包围
水并没有给我带来我想要的
我看到的辽阔只是临时接纳了我
我想像鱼那样正常呼吸
我想要的生活刚想站起来笑一下
接着就被另一些水按倒
一块有疼痛的伤疤藏在水里
被水遮挡太久，所以你看不到真实的我

在青岛，风想什么时候吹就什么时候吹
想什么时候停就什么时候停
生活总有一些树枝在慢慢枯萎
总有一些树枝在慢慢萌芽
生活告诉我的，我也想告诉你
在青岛，时间遇到我走得更慢

大村庄劳务市场

当我们说起青岛一定会说到东南山和大村庄
东南山离大村庄不到一站路
我们天不亮起床，经过一条干涸已久的河边
看见一条没吃饱的狗
从枯萎的草丛捡了一块骨头
如获至宝，紧接着又有一些失望
我们在这条没有尽头的路上跟狗没什么两样
我们在蚂蚁如流的劳务市场
只为寻到一块理想的骨头
唤醒我们的渴望

躺着忘记疲倦，站着遗忘坍塌
东南山给了我一个父亲的肩和一双母亲的手
我们要用它给自己带来好运
在这条一直向前，连接着我们命运的纽带上
不断重复自己

在这条路上，我们出行和归来只触摸了起点
并没真正到达终点
它把远方放在离我们更远的地方
如果说脚印能够走到
说明美好的生活并不遥远
如果说脚印走不到
我们仍需以生命的名义丈量未来
况且不久这里要拆迁
我们不知被命运搬到哪里
我们不知在哪里能租到一张睡死黑夜的床
和一扇看到星星的窗户

青岛是一条鱼

青岛是鱼，时间是水
青岛穿着比水还干净的衣裳
用呼吸，一遍一遍
触摸了比大海更辽阔的爱
当早晨披着朝霞慢慢经过我们
只有时间知道，不断涌起的水
跌落了多少被我们过完的昨日

我们跑到青岛看海
多半是想跑到海边做一条已获得足够自由的鱼
我们用汗水给大海增加咸涩的记忆
绝不是想用眼泪给大海带来痛苦和忧伤
若青岛真是一条鱼
我愿和青岛一起来到大海中央
用爱的全部力量，不停地晃动大海的波澜
把爱拍到更多人身上

在青岛，我们和鱼差不多
我们是另一条找水喝的鱼
水爱着我们，跌落了许多可丢之物
从未跌落我们的渴望和信仰
它在我们的呼吸里越来越辽阔
我们获得自由和快乐的次数越来越多
除了水，谁也不知道
我们在花朵的腮畔上擦干了多少泪水

青岛啤酒

自从有了大海就有了青岛
有了青岛就有了青啤
有了青啤，在下一轮海潮到来时
我们就有了生活的激情和勇气

把苦水倒尽，把旧的一天密封在另一个瓶子里
再也找不到我们
大海藏着多少水就有多少好日子
在时间的眼皮里冒出光滑的早晨
就像执着的太阳，在浪尖上滚动
遇到我们依旧辽阔

痛苦和不幸不是我们想要的生活
大海想丢掉的正是我们想遗忘的
大海的女儿，你若爱青岛
快端起那爱你的啤酒
你若爱生活，请你面朝大海
把爱你的情人带到人间的宴席
只要你不抛弃爱
爱永远是你身边的大海
只要你不抛弃生活
生活总会给你带来希望和好运
在旧的一天结束的时候
带你离开悲悯的现场

石老人

一个母亲的眼泪变成大海
一个父亲的骨头慢慢变成石头

大海每日都在受到朝拜
不停地跌落，不停地抬升
一些波浪涌起成了我们仰望的高山
一些波浪跌落成了有皱纹的历史

一个季节还未来得及离去
另一个季节又将重新开始
一个男人和一个女人的爱情故事
实在太感人了
如果大海需要一块石头来做自己的骨头
并希望它仰起世界的前额
成为最有魅力的涛声
我希望用石头为大海打一把明晃晃的剑
这个世界上，一些人已经不值得我捍卫
只有爱和信仰，还在浪花上为我热烈盛开

劈柴院

突然想起劈柴院
想起我们的父亲和母亲
让那些诞生在春天的树枝
围在一起烤红我们的脸
藏着刀和闪的劈柴院
藏着爱和火光的劈柴院
想起来，你会听到炊烟喊你回家吃饭的声音
虽然声音很小，但是你能看见
娘站在门口等你

你能看见星星从天空朝你奔跑
一直跑到早晨
你会看到娘经过露水和花园的小径
给我们唱歌，把我们唱成花朵
开在娘的泪水里
给娘带来希望和快乐

砍柴很卖力气
举起劈断风雨的刀
让闪照亮这里
砍出树枝身体里的血
一滴一滴，开出零星的花朵
让人在烟火中活得比鱼更想留下来呼吸
陈旧的劈柴院
比大海更知道
一个母亲的泪水汇聚了多少雨水的苦

第33辑

袁冬青原创歌词六首

剪月亮

剪呀剪呀剪月亮
剪一个月亮挂房梁
月亮月亮闪银光
照亮丰收的谷仓

剪呀剪呀剪月亮
剪一个月亮挂上墙
月亮月亮圆似镜
美好时光镜中藏

剪呀剪呀剪月亮
剪一个月亮挂河旁
月亮月亮洗衣裳
美了镜中的村庄

剪呀剪呀剪月亮
剪一个月亮放水上
月亮月亮爱梳妆
美了咱娘头上霜

再叫一声妈

小时候学会的第一句话
是咿咿呀呀叫妈妈
这是最简单的一句话
这是最幸福的一句话
世界上最美的语言就是这句话
热了冷了就会想起这句话
渴了饿了就会说出这句话
许多年后我已长大
还想再叫一声妈

小时候穿的第一件衣裳
是漂漂亮亮的小花褂
它留着妈妈的体温
它开满春天的野花
世界上最美的衣裳就是小花褂
一针一线都是慈母心
何时何地都丢不掉它
这辈子忘不了它
下辈子还想穿上它

放羊的小哥哥

西边的太阳落下山
天边露出弯弯的月牙
羊儿羊儿跑下山
放羊的哥哥还不回家
放羊的小哥哥站在月光下
多想跟她说句话
问问她什么时候把人嫁
问问她藤上什么时候开出花

傍晚的风吹散了炊烟
谁家姑娘还不回家
月儿月儿爬上山坡
放羊的哥哥在等二丫
放羊的小哥哥站在大树下
多想采朵花儿送给她
问问她什么时候坐花轿
问问她藤上什么时候结出瓜

好歌唱不完

一座好山有好水
好水清清流不完
流一遍花就开一遍
开一遍心就甜一遍

好水总是绕山转
山映水水映山
越转水儿越清澈
越转花儿越娇颜

一只好歌唱不完
唱过昨天唱今天
唱一遍山就青一遍
唱一遍水就绿一遍

好歌总是唱不完
越唱心里路越宽
越唱生活越美满
越唱越想奔明天

咱爹咱娘

父亲走在太阳下
黄土地上种庄稼
一滴滴汗水打湿田野
就像露水点缀着鲜花
父亲的额头积满岁月的泥沙
就像河道历经雨水的冲刷
一辈子辛勤耕耘
庄稼是他疼不够的娃

母亲坐在月亮下
月光照着她纺棉花
一朵朵棉花纺成纱
就像月光在窗前悬挂
母亲的眼角闪烁着晶莹的泪花
就像夜晚燃烧的泪蜡
一辈子用心来纺织
儿女是她放不下的牵挂

爹啊娘啊，您把儿女养大
我多想给您跪下叫一声爹妈

秋天的嫁妆

在那弯弯的小河旁
种下一棵棵大红枣
风儿吹得树叶沙沙响
层层绿波涌满挑灯的树梢
汗水把枣树浇灌
太阳把大地照耀
美丽善良的姑娘多么勤劳
她害羞的模样多么娇好
喜鹊在枣树上一遍遍欢叫
唱呀唱，跳呀跳
故乡的山水到处都弥漫着甜美的歌谣

在那高高的枣树上
秋天露出一片片欢笑
太阳照得人间处处暖
片片朝霞染红人间的大红袍
云朵把天空擦亮
汗水在田野上绽放勤劳
秋天的盖头多么娇艳
新娘的脸庞多么俊俏
丰收的美酒灌醉了一顶顶花轿
晃呀晃，摇呀摇
秋天的嫁妆全都是汗水镶嵌的珠宝

第34辑

陕北行吟

延安革命纪念馆

时间退到这里，青草正在一一返青
一群自由主义者以集体的名义勇敢闯入
见证了一个光荣组织的诞生

把那些青春浪漫，自豪和骄傲的东西
一一保存下来
春天以萌芽为荣，以枯竭为耻

延河，作为一条母亲河
为婴儿收藏更多的星星
有一些被大红枣收藏
一直亮到今天
窑洞，一个母亲在黑暗中摸索火柴
这种寻找光明的事业
让太阳重复升起，照亮许多人

为了压倒一切腐朽的东西
为即将升起的一轮红日
提供足够染红朝霞的血液
高高的宝塔烈火熊熊
我们在光中诞生
像一根火柴保留着未燃的部分
已被太阳确认是最痴迷的追随者和继承者

延安精神

延安精神是小米种出来的
如果没有小米，黄土高原不会那么黄
更不会有那么多被粘住的阳光
一遍遍温暖我们
窑洞的窗纸不会被黎明的舌尖捅破
山丹丹的腮畔不会有粉红的胭脂
蜜蜂和蝴蝶经过时
也不会长时间在那儿停留

如果没有小米，延安人民的脊梁
不会挺得那么直，不会比钢铁还硬
甚至会饿死草地上的羊群
卷进史无前例的饥荒

延安时期的小米
流淌着延安人民的体温
像身边热情奔放的黄河
它起源于人类伟大的心脏
总是把苦难遮蔽在最深的地方

一切都源于小米的喂养
它的光芒，旷日持久
今天有人用仰望触摸它的高度
有人已离它很远
不知走远的人会不会在一天早晨醒来
在一滴露水澄澈的光芒里
把一粒小米洗得跟星星一样
没有一点黑夜的痕迹
无声的美跟着一盏灯走在延河水的前面
用盐粒种植黎明，种植大海
让历史慢慢经过自己

延河考

我们生活过的地方，仍需要一条河流
帮我们洗掉什么，或清澈我们想看到的
关于血，大部分早已干了
一条河要把它唤醒
把春天推向河岸，把光带给我们
教我们知道花儿为什么这样红
延河把人类的爱带给我们
它在乳滴里藏着无数个大海
每一滴水都有一个伟大胸怀
它太小，多数时候我们看不清它的全貌
不知道它源自哪里
为社么总是和血一起奔流
因为有人忘了很多东西
对它伟大的苦难知道甚少
它要把更多的人唤到源头
在波浪上抬高一座山
在镜子里藏下一个看清我们的世界

信天游

陕北高原上的风，每日
都能在凹凸不平的地球表面
吹出水的波纹
养人的黄土，每一处都藏着善良的寺庙
女人们在这里劳动和歌唱
山丹丹和兰花花被唱红的时候
我内心有一只追随春天的蝴蝶
想在美神身边停下来
她们用泪水和汗水洗亮千年小米
她们腮畔上每一道皱纹
都在朝霞和晚霞里流淌着深爱我们的河水
伟大的疼痛，以万物的名义
让我们目睹生活的真相
每次遇见或倾听
都让人敬畏得哑口无言

延安小米

有一天，当我再回延安
再见小米，我一定会把它牢牢抓在手里
比太阳金黄的小米
多年来，一直闪烁在我心里
它给了我足够的信心、勇气和力量
我爱它

小米在光里一遍遍亮着
我们在光里活着，总是相信
希望在离我们不远的地方
它不一下子到来
只想在某个时辰突然而至
用惊喜，吓出那些幸福的心跳

卑微的小米，简单辽阔
没有谁能命令我离开它
伟大平凡的小米，内心从不缺席雨水和闪电
宝塔山，杨家岭
它们用朝霞迎接每一个经过的人
从不把悲伤大声说出来
我跪拜它的内心，藏着一座容天容地的寺庙

白羊肚

羊上山的时候
山上已长满了草
一只羊披着雪走过悬崖
一朵云彩的纯洁度
你除了用目光盛放它
也想留下细密指纹触摸它

草上是大面积的雪
雪是最温柔的羊肚子
逼退摧残我们的最后一股寒流
把乌鸦的鞋子从伤心的黑夜脱下来
扔到我们看不见的地方
只剩下黎明在露水里和我们挤眼
只剩下朝霞在花朵的腮畔上陪伴我们
一座山走着一群善良的羊
陕北在自然的吹拂下多么干净

羊肚子带给我们的爱有多伟大
你对陕北的爱就有多深
吃掉陕北的草
长出更多的草覆盖陕北的黑夜
亚洲最具人性的羊
有一颗菩萨的心肠
它在肠胃里流淌着孕育生命的河水
在羊蹄子里藏着道路和远方
它能容世上难容之事
跟身边的黄河一样，用波浪把一座山抬起来
把另一座山压倒
它高昂世界的前额
挽着天空的云朵多么端庄
比羽毛更洁白的光芒
从太阳身边滑落到波浪上
被涛声不断抬起的圣地多么清澈宽广

山丹丹

有毒的花你不要采
要采你就采这一朵
一十三省传美名
它在陕北等你来

我来陕北的时候山丹丹已经被风吹红了
它开在女子的腮畔上
羞涩了一座山，芬芳了一条河
它陪伴陕北度过难熬的夜晚
一次次躲过灾难和不祥

我不知道它还要开多久
我知道时间拗不过它的执着
渴死也不离开这里
累死也要埋在它身旁
它在一只羊眼里，是美神的女儿
它开在陕北的山上
黑夜与白昼才有了光亮
那是年年红一次
就是高出屋脊的太阳
它拒绝丑带来的毁灭
不拒绝泪水回到早晨
给人带来容下更多苦难的大海

米脂

米脂是美神的女儿
是水中月，是光之源
把美带给更多的人
米脂在陕北温暖了一孔孔窑洞
她们腮畔上开着两朵好看的山丹丹
仿佛烈焰翻滚
把丑逼到悲哀的尽头
让善良剪裁的红盖头
在这个地区最高的山上
迎风招展，盛开千年

流尽最后一滴汗也要把米种出来
米脂在窗花里开得最早
在灯花里谢得最慢
米脂人把灯放置在血里蒸煮
在最漫长的夜晚，也要给身边的黄河让路
用米脂的米，喂沿途还没长大的春天
唱想亲亲，想亲亲
坡顶上放羊的二蛋
鞭子甩得啪啪响
一只羊跑进他的春天
从此米脂的地上花儿最红
米脂的天上太阳最红
红成了米脂最美的胭脂

安塞腰鼓

最香的日子
就是那几声蛙鸣
最干旱的高原
需要春天的鼓点
鼓点里奔跑的雷声
和着身体里奔跑的雨水
安塞啊，你肚子里还有多少鼓点要倒出来

黑夜就要退了
敲不破的鼓
是悬挂的明月
它高居天空
有一颗镀银的心
让身边的黄河更热烈
让这个地区变得比以前更富有

窑洞的春天

一溜溜沟沟一道道坎
一孔孔窑洞像猫眼眼
窑背上开花窑洞里香
兰花花爱的是哪一张脸

窑背上落雪窑洞里暖
冬天的种子把路赶
早晨的太阳映红天
陕北的春天开满山丹丹

铁打的营盘筑起高原
古老的建筑堪称经典
窑洞的心窝堆满火焰
一年四季都是春天

剪纸

大地上许多东西正在消失
但她们一剪下去
能把一张红纸上的血咬出来

快乐在一把剪刀上
想什么就剪什么
剪个太阳
里面坐着谷神
剪个月亮
里面坐着月神

黄土高原啊，年年被女人守护
山丹丹模样的美神
就是手持剪刀的她们

曾有马匹在高原或悬崖出没

这是在延安，这是毛泽东骑过的一匹战马
春天长高的延安，要为阳光经过这里铺上绿色的地毯
每一匹奔马都要在这里跑成拥抱草原的闪电
每一声解读自由的马蹄
都要在石头上敲打出火花
敲打出春天的雷声

追风，被风追
一匹马要吃许多草
走许多路
才不会被自由抛弃
在速度里燃烧自己
太阳才会每天都在人类的意志里升起

延河水在流经大海的路上
不断地掀起上升的波澜
延河水闪烁着星子的眼睛
比任何时候都澄澈
在云朵上奔跑的马匹
在高原或悬崖抛下一条真理的道路
那么多蹄印一苏醒就是黄河的涛声

又见延安人——赠袁杰

三十年前我们初识延安，三十年后相聚山东，诗和远方远了近了。

延安人骨子里有铁
血里有黄河
在延安有，到哪里都有

这世上有精于耕作的农人、商人、医生和教师
也有为民请命的县长
不愿耕种的人，请把种子交给真诚的农人
被睡眠缠身的人，请把信任交给延安来的人

人生就是经历许多不一样的生活
像行走在草地上的羊收获草地的信任
延安来的人，不藏着一片广袤的绿洲
怎能在戈壁滩开出征服世界的花朵
收获蜜蜂和蝴蝶的信任

延安来的人，你从延河水而来
也就是从大海而来
你从日出升起的地方而来
从云朵而来
你从一粒种子开始认识春天
多像一群羊站在悬崖上向草原晃动云朵

延安来的人，你是开花给幸福看的人
你把过去的苦难藏在身体里
把一朵开给春天的花朵
开在太阳每天经过的地方
我相信被春天唤醒的人，在一天早晨被幸福遇到
是不需要征得眼泪的同意和批准的

身陷尘世

（后记）

作者画像　王小根绘

人类，一种也没有什么特别的动物，早在有历史记录之前就已经存在。大约六万年以前，有一头母猿产下两个女儿，一个成了所有猩猩的祖先，另一个成了所有人类的祖奶奶。从此尘世开始热闹起来，各种生命逐渐进化成熟。

在历史的道路上，有一些动物学会了直立行走，它们被叫作人，创造出文化，这些文化的继续发展成了历史学。在古老的中国，我们的祖先不甘寂寞，创造出甲骨文，在骨头上留下人类文明的记忆，在竹简上创造出诗经。文明的继续发展，创造出纸和印刷术，给诗歌的诞生和繁荣带来丰厚的土壤。

在历史的道路上，带给我们生命的妇女负担更重，她们肩负孕育生命的任务，饱尝人间的苦难，她们总是觉得自己很渺小，从不觉得自己有多伟大。50多年前，在中国山东一个叫围里村的地方，一个勤劳善良的女人成了我的母亲。她在疼痛中把一个婴儿诞生在西屋，我的第一声啼哭把大地砸了一个坑，它成了我生命的根部。当我脱离子宫，天上三星照耀月亮高挂，跟我遇到的乳房一样光滑明亮，它们互相对称。疼痛虽不是在最佳时间诞生了我，却让我一落地就做出对的选择，从此我身陷尘世，一个母亲用一滴水一滴水开始雕塑我。

很小的时候，我就知道故乡长满了大树，树上有许多不知名的虫子，它们是树的婴儿。秋天树叶落了，有一种类似蚕的虫子把自己装进布袋里挂在树上，我们把它们叫吊死鬼，这其实是一种从生到死的爱。

插图目录

插图绘制 / 刘传宏